Los doce trabajos de Hércules

Jorge Calderón
1ºB (E.S.O)

LIBROS
CUENTOS Y LEYENDAS

Título original:
Les douze travaux d'Hercule, 1997

Juan Ignacio Luca de Tena, 15. 28027 Madrid
www.anayainfantilyjuvenil.com
e-mail: anayainfantilyjuvenil@anaya.es

Diseño: Gerardo Domínguez

1.ª edición, marzo 2002
14.ª impresión, febrero 2018

ISBN: 978-84-667-1318-4
Depósito legal: Na-2052-2011

Impreso en España - Printed in Spain

LOS DOCE TRABAJOS DE HÉRCULES

Christian Grenier

Traducción:
María Durante

Ilustración:
Antonia Santolaya

ANAYA

CONTENIDO

I

Un par de artimañas de Júpiter

Aquella noche, los soldados que hacían guardia a las puertas de la ciudad de Tebas se habían quedado dormidos. Uno de ellos, Filos, aguzó el oído. Luego, apoyándose en la lanza, se levantó de golpe y gritó:

—¡Camaradas, despertaos!

Al cabo de un segundo, estaban todos en pie y alerta.

Unas semanas antes, un pueblo vecino, el de los telebeos, había declarado la guerra a Tebas; Anfitrión, el rey de la ciudad, había tenido que ponerse al frente de su ejército para repeler su agresión. Por eso Tebas, privada de sus más valientes soldados, estaba casi desprotegida.

—¿Oís ese ruido de galope a lo lejos? —dijo Filos.

En seguida cundió el pánico entre los hombres:

—¡Sí! ¡Maldición! ¡Son los telebeos!

—¡Vienen a tomar nuestra ciudad por sorpresa!

Filos se quedó aterrado. Inmediatamente antes de partir, Anfitrión le había hecho el siguiente encargo: «Dejo a Alcmena bajo tu protección. ¡Cuida de que durante mi ausencia no le suceda nada malo!».

Hacía poco que Anfitrión se había casado con la bella Alcmena, hija del rey de Micenas. La pareja se profesaba un amor sereno y sincero, y Filos no quería ni pensar lo furioso que se iba a poner Anfitrión si, faltando este, alguien humillaba o se llevaba cautiva a la joven reina…

—¡Rápido, hay que dar la voz de alerta!

—No —repuso Filos, cuya sensatez intentaba vencer el miedo—. Aguardad… Eso no es un ejército en marcha: ¡no oigo más que el galopar de un caballo!

Los hombres escrutaron con inquietud la noche sin luna y los oscuros cerros de los alrededores. De repente, un caballo ricamente enjaezado surgió de la oscuridad, relinchando, montado por un jinete de noble porte que llevaba una armadura tan resplandeciente que se diría que había absorbido toda la luz de las ausentes estrellas. Impresionados por semejante aparición, los soldados retrocedieron. Solo Filos dio un paso al frente, al tiempo que gritaba:

—¡Alto! ¿Quién eres, forastero, que te atreves a aventurarte por aquí a estas horas como si fueras un ladrón? ¡Habríamos podido darte muerte sin previo aviso! ¿Acaso ignoras que estamos en guerra?

Entonces, el caballero se quitó el yelmo que le ocultaba el rostro y en tono familiar y burlón refunfuñó:

—¡Pardiez! Lo sé mejor que nadie. ¿Así recibís al amo de estos lugares?

Los soldados reconocieron al instante a su rey y, muy azorados, se postraron ante él.

—¡Alzaos! —les dijo Anfitrión—. Sois unos soldados muy valientes.

Filos, que había permanecido en pie, balbució:

—¿Sois vos, señor? ¿Cómo venís solo, a estas horas y sin escolta?

El rey le lanzó una mirada tan fulminante que Filos no tuvo más remedio que bajar la vista.

—¡Condúceme hasta donde está mi esposa! —le ordenó el soberano.

Abrieron a toda prisa las puertas de la ciudad y el soldado condujo a Anfitrión por las calles desiertas. Cuando llegaban a palacio, Filos alzó la cabeza y dijo:

—Majestad, perdonad mi osadía, vuestra llegada ha sido tan inesperada, ¿debemos temer una inmediata victoria de nuestros enemigos?

Por toda respuesta, retumbó una sonora carcajada:

—¡No te preocupes! Mi visita no tiene nada que ver con la guerra. Echo en falta a la hermosa Alcmena, Filos. Date cuenta de que acabábamos de casarnos cuando tuvimos que separarnos. Hoy no podía conciliar el sueño y he querido darle una sorpresa.

Filos no las tenía todas consigo. Decidió tender una trampa al visitante llevándolo hasta el pasillo que conducía a las cocinas.

—¡Pero bueno, Filos! —refunfuñó Anfitrión—. ¿Se te ha olvidado dónde están las habitaciones de la reina?

Aquello disipó cualquier duda que pudiera tener Filos, el cual condujo a su amo hasta el dormitorio de Alcmena; llegado a la puerta, llamó y se quedó a la espera. De repente se temió lo peor. ¿Y si la reina no estaba sola? ¿Y si el rey, sospechando que tuviera algún admirador, había acudido desde tan lejos para pillarla in fraganti[1]?

Al momento salió una doncella. Con un ademán, Anfitrión le mandó que saliera de la habitación. Filos vio que Alcmena se levantaba del lecho. La reina estaba sola; muy asustada, se echó rápidamente un chal por encima de los hombros. Cuando vio que en su habitación entraba un guerrero con armadura, dio instintivamente un paso atrás. Luego, reconoció a su esposo y no pudo contener un grito de angustia:

—¡Anfitrión! ¿Qué haces aquí? ¿Qué catástrofe me vienes a anunciar?

—¡Ninguna, amada mía! Tenía tantas ganas de verte…

La pasión puso chispas en los ojos del rey.

—Alcmena —musitó—, tu belleza es tan grande que hasta los propios dioses se condenarían por ti… Siempre tengo la sensación de que es la primera vez que estoy contigo.

Entonces, los rasgos de la reina se distendieron y una radiante sonrisa iluminó su adormilado rostro. De su pecho brotó un suspiro en el que se mezclaban el alivio, el deseo y el gozo. Echó un vistazo a su lecho apenas deshecho y abrió los brazos a su esposo, al tiempo que exclamaba:

—¡Ven!

---

[1] En el mismo momento en que se está cometiendo el delito o realizando una acción censurable.

Anfitrión se volvió hacia el soldado que lo había conducido hasta allí y le dijo, con una sonrisa que tenía algo de desafío:

—Pero bueno, Filos, ¿todavía sigues ahí? ¿No te parece que ha llegado el momento de que nos dejes a solas?

Filos cerró la puerta de la habitación.

Durante mucho tiempo recordaría la imagen mágica de la soberana, a la que acababa de arrancar del sueño. Al fin y al cabo, comprendía perfectamente que el rey hubiese emprendido aquella loca escapada...

Cuando Filos regresó a las puertas de la ciudad, sus compañeros estaban totalmente despiertos. Uno de ellos señaló el cielo y dijo, extrañado:

—Mirad, se diría que empieza a amanecer.

—No —repuso otro soldado—. Son las nubes, que se disipan y dejan ver las estrellas.

—Ni lo uno ni lo otro —murmuró Filos estremeciéndose.

Un insólito silencio impregnaba la noche, escasamente iluminada. Entonces, del cielo empezó a caer una extraña lluvia: eran gotitas de oro, y cubrieron todos los cerros de los alrededores y la ciudad de Tebas, que estaba dormida. Los soldados, estupefactos, alzaron la cabeza y tendieron los brazos hacia aquel milagroso chubasco, con la esperanza de recibir una migaja de aquel prodigio.

—Esta no es una noche cualquiera —dijo uno de los soldados.

El forastero volvió a aparecer en las puertas de la ciudad, cubierto de nuevo con su armadura de plata. Sin decir palabra, saltó sobre su caballo blanco y partió al galope en medio de la noche.

En cuanto se lo tragó la oscuridad, la lluvia de oro dejo de caer.

Al poco tiempo, Anfitrión regresó victorioso a Tebas con su ejército. Por la noche se reunió con Alcmena en el dormitorio de esta.

—¡Amada mía —exclamó el rey—, estos meses sin verte me han parecido eternos! Hace tanto tiempo que aguardaba este momento…

—Pero si conseguiste escaparte y venir a verme a escondidas —repuso la reina—. ¿Sabes que desde la última vez que yacimos juntos espero un hijo?

Anfitrión se puso lívido.

—¿Qué dices? ¿De qué vez me hablas?

Muy turbada, Alcmena le contó que unos días antes el rey la había visitado por la noche.

—¡No me vengas con historias! —rugió Anfitrión—. ¡Yo no me he separado de mis tropas! ¿Quién es ese hombre que confundiste conmigo?

—¡Pues tú, mi señor! ¡Ay, te ruego que hagas memoria! ¿Cómo puedes pensar que te confundiera con otro?

—Y tú, Alcmena, ¿cómo puedes pensar que se me haya olvidado semejante visita? ¿Qué mentira te estás inventando para justificar tu infidelidad?

Alcmena se hincó de rodillas sumida en el mayor espanto. Anfitrión mandó llamar a Filos. Temblando de miedo, el leal soldado le confesó lo siguiente:

—Mis compañeros son testigos de lo que os digo, Majestad; todos os reconocimos. Aquella noche vinisteis solo y me pedisteis que os condujera a los aposentos de la reina...

—Esto es un complot[2]—rugió el rey desenvainando la espada—. ¡Os habéis puesto todos de acuerdo para traicionarme!

Alcmena y Filos pensaron que había llegado su última hora.

En aquel mismo instante, un intenso resplandor iluminó la estancia. Anfitrión retrocedió, deslumbrado. Ante él acababa de aparecer un dios envuelto en una aureola de luz. En un primer momento, Filos creyó que estaba ante el caballero de aquella noche, pues llevaba la misma armadura de plata; pero esta vez, una rizada barba adornaba su rostro. Inmediatamente, los humanos reconocieron a Júpiter, el que manda sobre todos los dioses del Olimpo.

—Aplaca tu cólera, Anfitrión —le ordenó el dios—. Alcmena no te ha traicionado. Fui yo, Júpiter, el que adopté tus rasgos para poderla visitar. Sí, lleva en su seno a un hijo que llegará a ser héroe. ¡Un ser cuya fuerza y cuyas hazañas se harán legendarios, y que librará a los humanos de sus padecimientos!

El rey de Tebas se disponía tímidamente a protestar, pero Júpiter le interrumpió:

—¡Vamos, Anfitrión, no vas a tener celos de un

[2] Confabulación entre dos o más personas contra otra u otras.

dios! Alcmena y tú criaréis a mi hijo para que pueda llevar a cabo su glorioso destino. ¡Y al niño le pondréis de nombre Hércules!

Luego desapareció en medio de un relámpago seguido de un gran trueno.

Cuando Júpiter volvió a aparecer en lo alto del monte Olimpo, donde vivía en el palacio más bonito de todos, se dio de narices con su esposa, Juno. Nada, o casi nada, pasa desapercibido para los dioses. Y aunque Júpiter, gracias a su gran ingenio, había logrado ocultar a Juno la noche que había pasado con la bella Alcmena, no pudo evitar la cólera de su esposa, que había escuchado punto por punto las palabras de su infiel marido.

—¡De modo que me has vuelto a engañar con otra! —exclamó la diosa.

—Juno, te juro que esta vez estaba muy justificado: ¡mira cuántas plagas afligen a los seres humanos! Mi hijo los librará de ellas.

—No busques disculpas, Júpiter. Supongo que habrá sido tu compinche Mercurio el que te habrá alabado la belleza de Alcmena. Y, claro, no habrás sido capaz de resistirte.

Juno estaba harta de las continuas infidelidades de su esposo.

—Lo cierto, Júpiter, es que tienes la despreciable costumbre de mezclarte con las humanas para hacerles hijos: no te bastaba con Europa y Leda, ¿verdad?[3]

[3] *Europa* y *Leda* fueron dos mortales a las que Júpiter sedujo, convirtiéndose para la primera en toro, y para la segunda, en cisne.

—¡Te juro que es la última vez! Ese niño tendrá un destino diferente…

—A ese niño yo ya lo odio —repuso Juno en voz baja.

—¡Vamos! —intervino Júpiter en tono conciliador—. Piensa que compartirás su futura gloria, pues su nombre, Hércules o Heracles, significa «la gloria de Hera»[4]!

—¡Pues vaya una gloria que te engañe tu marido!

Júpiter estaba acostumbrado a los enfados de su esposa, que pretendía ser la diosa protectora del matrimonio.

—Hércules será invencible —proclamó Júpiter—. Gobernará Micenas, reino de su madre, y Tirinto, reino de su padre.

Aquel razonamiento tenía un fallo y Juno se lo hizo ver inmediatamente.

—¡No corras tanto! Otro niño podría llegar a ser rey de esas ciudades.

—¿Otro niño? ¿Cuál?

—El que tendrán Esténelo y Nicipe, su esposa. ¿Acaso olvidas que Esténelo es también descendiente de Perseo[5]?

Júpiter se quedó pensativo; comprendió que su esposa, en venganza, tomaría bajo su protección a aquel niño que todavía no había nacido, y que llegaría a ser el rival de Hércules. Así que se propuso recurrir a la astucia.

—Anda, pues tienes razón —contestó—. Los dos primos no podrán reinar a la vez. Solo uno

[4] Hera es el nombre griego de Juno.
[5] Esténelo era hijo de Perseo, y Anfitrión, su nieto.

accederá al trono, y es preciso que tenga absoluta autoridad sobre el otro. ¿Qué te parece, Juno?

—Sensata medida. Pero ¿cuál de los dos será el que mande?

Júpiter sabía que Nicipe no estaba embarazada, de modo que replicó:

—Muy sencillo: ¡el primero que nazca! El segundo estará obligado a obedecer al mayor.

—De acuerdo. ¿Me das tu palabra, Júpiter?

—¡Te la doy!

Júpiter estaba la mar de tranquilo. Sabía que Hércules nacería antes que el hijo de Nicipe, pues este aún no había sido concebido. Pero no contaba con la obstinación de Juno...

La diosa del matrimonio tenía una aliada: su hija Ilitía, diosa de los alumbramientos. La mandó llamar en secreto y le dijo:

—Te voy a encomendar una misión. Es preciso que Nicipe se quede embarazada inmediatamente. Es más: quiero que ese niño nazca antes de tiempo. Y sobre todo que el maldito Hércules nazca después que él.

—Madre, puedes contar conmigo —repuso Ilitía con una sonrisa.

Unos meses más tarde Juno fue a ver a su esposo y le dijo:

—Júpiter, ya que tan aficionado eres a mezclarte con los humanos, te sugiero que vayamos de incógnito al palacio de Micenas.

Júpiter, muy intrigado, accedió. La divina pareja, confundiéndose con los cortesanos, se introdujo en los aposentos de Esténelo y Nicipe.

Al ver una cuna junto a la joven, Júpiter reprimió una exclamación de rabia. La nueva madre mostraba a los invitados una criatura menudita, de aspecto débil, que hacía muecas:

—Ya sé que no es muy hermoso, pero es que ha nacido antes de tiempo. Le hemos puesto de nombre Euristeo.

—¡Conque ya ha nacido! —musitó Júpiter, fastidiado por la noticia.

—¡Sí! —replicó Juno en tono triunfante—. Euristeo será rey de Micenas y de Tirinto. ¡Y Hércules no tendrá más remedio que acatar sus órdenes!

Poco después, Alcmena dio a luz a dos niños que, aunque gemelos, eran muy distintos.

El mayor, Ificles, era un bebé precioso, pero que no se diferenciaba en nada de otras criaturas, salvo en que era igual que Anfitrión, su padre. El segundo, en cambio, tenía un tamaño fuera de lo común y era de una belleza excepcional. De cabello rubio y rizado, risueño, tragón, Hércules llamó en seguida la atención por su fuerza y robustez. Todos los que acudían a felicitar a la madre no tenían ojos más que para aquel niño tan extraordinario.

—Dejadnos solos —dijo Anfitrión—. Alcmena tiene que descansar.

En cuanto se quedaron a solas, los monarcas se volvieron hacia los niños, que dormían en la misma cuna; Hércules ocupaba la mayor parte del sitio. Anfitrión, impresionado, lo cogió en brazos y se quedó sorprendido por lo que pesaba.

—¡El hijo de Júpiter necesita una cuna excepcional!

El rey de Tebas fue a buscar su escudo, el que había utilizado para luchar contra los telebeos. Lo puso en el suelo y metió en él al pequeño Hércules.

Anfitrión y Alcmena salieron de la habitación para ir a atender a sus invitados. Entonces, Hércules se puso a llorar con todas sus fuerzas.

—Se ve que se ha quedado con hambre —dijo Alcmena alejándose—. Espero tener bastante leche, porque este semidiós parece insaciable.

No habían hecho más que llegar al salón cuando una mujer entró en el dormitorio llevando un cesto en la mano; levantó la capucha de su manto y se acercó al escudo, al tiempo que musitaba:

—Traigo dos regalos para ti, pequeño Hércules...

Era Juno. Desde que había nacido la criatura, rumiaba su venganza. No cabía duda de que Euristeo, su protegido, mandaría sobre su primo; pero ella no quería aguardar a que llegara ese momento, pues su odio era demasiado fuerte y su impaciencia demasiado grande. Había que deshacerse de aquel niño.

Dejó el cesto en el suelo y se alejó de allí.

Entonces, dos enormes serpientes levantaron con sus puntiagudas cabezas el paño que las cubría y bajo el cual estaban escondidas. ¿Dos serpientes? ¡Qué digo! ¡Dos monstruos cubiertos de escamas y grandes como dos dragones! Salieron

silbando de su refugio y se arrastraron hasta el lugar en el que estaba acostado Hércules.

Luego, a la vez, se metieron en el escudo.

Al ver los reptiles, el niño se acurrucó y dejó de llorar. Entonces, las serpientes se enroscaron alrededor del cuerpo de la criatura, dispuestas a estrangularlo, y abrieron sus fauces para morderle y escupirle su mortal veneno. Hércules lanzó un grito de asombro y de cólera. Con sus gordezuelas manos, agarró de repente por el cuello a los dos monstruos y apretó, apretó con todas sus fuerzas.

Alertados por los gritos del pequeño, Anfitrión y Alcmena entraron corriendo en la habitación. Y el espectáculo que vieron los dejó estupefactos: el niño que lloraba era Ificles. En cuanto a Hércules, estaba acunándose la mar de risueño, agarrando con las manos el borde del escudo. A sus pies yacían sin vida las dos serpientes que acababa de estrangular.

—Menuda hazaña acaba de realizar Hércules —musitó Anfitrión—. Y creo que esto no es más el que el principio.

Júpiter no tardó en enterarse de aquel cobarde intento de asesinato. Desde luego, sospechó de Juno, pero no se atrevió a hacerle el menor reproche. Ella había iniciado las hostilidades y, mientras Hércules viviera, no dejaría de hacerle daño. Júpiter tenía que estar en guardia y ser más astuto que ella. De modo que mandó llamar a Mercurio.

Mercurio, dios de los comerciantes y de los ladrones, era cómplice de Júpiter. También a él le gustaba disfrazarse y mezclarse con los humanos, y de vez en cuando gastarles alguna broma.

—¿En qué puedo ayudarte? —preguntó a Júpiter.

—Ay, Mercurio, tengo que pedirte consejo.

El rey del Olimpo le contó todo a su compinche: que Hércules era fruto de una noche de amor con la bella Alcmena y que Juno había jurado que acabaría con aquella criatura.

—¡Como bien sabes, Mercurio, los héroes, por desgracia, son mortales! Mucho me temo que algún día Juno termine por salirse con la suya.

—Conozco un medio para que Hércules alcance la inmortalidad —dijo Mercurio—. Medio que, además, multiplicaría por diez su fuerza y sus cualidades...

Júpiter conocía perfectamente dicho medio. Mercurio hizo como si se alejase.

—Tú verás, Júpiter. Comprendo que te eches atrás...

—¡No! —exclamó Júpiter—. Juno no ha dudado en actuar en contra de mi hijo. ¡No veo por que yo iba a dejar de recurrir a las mismas estratagemas para que Hércules pueda llevar a cabo sus hazañas! Pero Juno no se fía de mí y espía todos mis actos y todos mis movimientos.

—No te preocupes —repuso Mercurio—. ¡Yo me encargo de la misión!

Ya hacía tiempo que había anochecido en Tebas. Ninguno de los soldados que llevaba a cabo la guardia a las puertas de la ciudad vio entrar a Mercurio en el palacio de Anfitrión y Alcmena:

el mensajero de Júpiter llevaba puestas las sandalias aladas, que le permitían desplazarse por los aires.

Entró en la habitación de los soberanos y vio el escudo en el que dormía Hércules. Con mucho cuidado para que no se despertara, lo cogió en brazos. Luego, salió de palacio con tanto sigilo como había entrado en él y se alejó volando.

La velocidad y el viento que soplaba en las orejas de Hércules no tardaron en despertarlo. Se puso a patalear y a gritar en medio de la noche.

—No tengas miedo —le dijo Mercurio—. ¡Estás en manos de un dios!

Entonces, el mensajero de Júpiter comprendió que el niño no lloraba de miedo.

—Conque quieres comer, ¿eh? Pues no te preocupes, que en seguida tendrás con qué saciar el hambre. ¡Y aprovecha la ocasión, que jamás volverás a darte un banquete tan divino!

Mercurio aterrizó en la cumbre del monte Olimpo. Allí lo esperaba Júpiter, a la puerta de su palacio, dentro del cual todo el mundo estaba dormido.

—Buen trabajo, Mercurio. Ahora, déjame a mi hijo…

Miró con ternura a Hércules y le puso un dedo en la boca.

—No llores. Y, sobre todo, no hagas ningún ruido.

Apaciguado por aquel rostro bondadoso y barbudo, Hércules se estuvo muy quietecito y sin rechistar. Júpiter cogió al niño en brazos y se dirigió al dormitorio de Juno.

La diosa de la maternidad estaba profundamente dormida. Júpiter se acercó a su esposa, le abrió el camisón y dejó sus pechos al descubierto. Luego tendió al pequeño Hércules al lado de aquella improvisada nodriza, al tiempo que musitaba:

—¡Bebe! ¡Bebe, hijo mío, la leche de los dioses!

Entonces, Hércules agarró el pecho de Juno y mamó con todas sus ganas. Y a medida que mamaba nacían en él nuevas fuerzas y nuevas virtudes.

—¡Bebe, hijo mío! —lo animaba Júpiter—. ¡Cada gota de esa leche divina te aproxima a la inmortalidad!

Juno seguía dormida y Hércules seguía mamando.

Pero por héroe que uno sea, llega un momento en que no puede más. Saciada al fin su hambre, el pequeño Hércules abandonó el pecho de Juno y dirigió a su padre una mirada de satisfacción.

Júpiter, muy emocionado, volvió a coger al niño en brazos y lo sacó de palacio. Cuando estaba a punto de volver a entregar a Mercurio su preciosa carga, el dios de las sandalias aladas le mostró el cielo:

—Júpiter... ¡Mira! ¿Qué prodigio es ese?

Del palacio brotaba una fuente nacarada. Sí: eran ondas efervescentes que inundaban el cielo; a veces caían en la tierra algunas gotitas y entonces nacían unas extrañas flores blancas[6].

[6] Eran azucenas.

Mercurio y Júpiter entraron precipitadamente en la habitación de Juno. Se quedaron pasmados cuando vieron que aquellas ondas procedían del seno de la diosa: ¡Hércules había mamado con tanta fuerza de los pechos de su divina nodriza que la leche seguía brotando de los mismos con abundancia!

Se pusieron muy nerviosos, pues no sabían cómo atajar aquel manantial. El niño Hércules, en brazos de su padre, se puso de nuevo a chillar porque, al olor de la leche que corría a chorros, se había vuelto a despertar el apetito del héroe.

—¡Ni lo pienses! —dijo Júpiter al niño, que extendía los brazos pidiendo de mamar.

Luego entregó su insaciable hijo a Mercurio, al tiempo que le decía:

—¡Anda, llévaselo a sus padres! ¡Y vuelve en seguida!

Mientras Mercurio regresaba a la ciudad de Tebas y volvía a dejar a la criatura acostada en su escudo, la oscura bóveda celeste seguía cubriéndose con el chorro de leche que la voracidad de Hércules había provocado.

Y así fue como de la noche en que Hércules mamó a los pechos de Juno nació la Vía Láctea.

II

Una infancia de héroe

Al cabo de poco tiempo, un fuerte relámpago despertó a Anfitrión en medio de la noche. Pero no es que se hubiera desatado una estruendosa tormenta, sino que, ante el rey de Tebas, acababa de aparecer Júpiter. Con voz atronadora, el dios exclamó:

—¡A Hércules le aguarda un destino glorioso! Encárgate de su formación y edúcalo como si fuera tu proprio hijo, proporcionándole los mejores maestros. Pero, sobre todo, desconfía de las estratagemas de mi esposa Juno, que ha jurado acabar con mi hijo.

Anfitrión bajó la cabeza, pues las órdenes de un dios no se discuten.

—Hércules, ¿dónde te has metido? ¡Ya ha llegado tu maestro Lino!

Alcmena buscó por segunda vez en todas las habitaciones de palacio. ¡Ay, su hijo Hércules le daba tantas preocupaciones!

—Te aconsejo que vayas a las cocinas —dijo el preceptor en tono algo despectivo—; seguro que allá encuentras a mi alumno.

—Tienes razón. Hércules es tan tragón.

Lino dejó sobre la mesa las obras que había traído y se dispuso a esperar. Era hijo de Apolo y personaje de exquisita cultura, pues no en vano había sido también maestro de música de Orfeo[1]. Pero la paciencia de Lino tenía sus limites. A menudo le daba la impresión de que el joven Hércules le tomaba el pelo.

Cuando llegó a los sótanos de palacio, Alcmena encontró a unos criados limpiando los restos de una carcasa de buey, en la cual solo quedaba un poco de carne. Uno de los cocineros contestó a las preguntas de la reina:

—Hércules acaba de almorzar. ¡Él solito se ha zampado ese animal entero!

Alcmena salió de palacio y al cabo encontró a Hércules que, en pie, con el pecho desnudo y los rizados cabellos al viento, desafiaba riendo a los compañeros de juego que se encontraban a su alrededor. Cansados de sus burlas, tres de ellos se abalanzaron sobre él; de un manotazo los tiró al suelo.

—Y ahora ¿qué? —gritó al grupo en tono de alegre desafío—. ¿A alguno de vosotros le quedan todavía ganas de medirse conmigo?

—¡Anda y no te burles de nosotros! —le dijo con una sonrisa su hermano Ificles—. ¡De sobra sabemos que no hay quien te venza!

—Y sin embargo no eres el primero en todas las artes —intervino su madre acercándose a Hércules—. ¡En el campo de las letras y de la música tienes todavía mucho que aprender! Ven, Hércules, que ha llegado Lino.

[1] Famoso músico de la mitología griega que inventó la cítara; sus cantos hechizaban igualmente a dioses y a mortales. Bajó a los infiernos para devolverle la vida a su esposa Eurídice.

Hércules hizo todo lo posible para reprimir un gesto de desagrado.

—¿Lino? ¿Hoy? ¡Pero si hoy le toca a Éurito enseñarme a disparar el arco!

—Éurito no volverá —le anunció con orgullo Alcmena—. La semana pasada tus flechas dieron en el blanco todas las veces. ¡Has superado a tu maestro, Hércules!

—En ese caso..., me parece que esta mañana el valiente Cástor vendrá a enseñarme el manejo de las armas.

—No, Hércules: Cástor no volverá, pues me ha dicho que por su parte él ya no puede enseñarte nada más.

—¡Mira, ahí esta Quirón! —exclamó de pronto el joven héroe, señalando un caballo de torso y cabeza de hombre que pasaba al trote cerca de ellos.

El centauro dirigió una mirada cordial a Hércules, el cual le dijo:

—Quirón, ¿vienes a enseñarme astronomía o medicina?

—Ni una cosa ni otra —replicó el sabio centauro—. Ahora mismo me marcho a dar clase a otros alumnos[2].

Hércules no tenía ningunas ganas de seguir a su madre. Lino lo aburría y habría preferido seguir jugando. Entonces divisó a Anfitrión, que llegaba a las puertas de palacio, y corrió hacia él, sabedor de que el rey casi nunca se negaba a sus caprichos.

[2] Los alumnos más notables de Quirón fueron Aquiles, Jasón y Teseo.

—Padre, ¿me vas a enseñar hoy a conducir tu carro?

—Lo siento mucho, pero hace tiempo que lo guías mejor que yo —respondió Anfitrión, algo apurado—. Además, me parece que Lino te está esperando.

—Así es —añadió Alcmena cogiendo a su hijo de la mano—. ¡No te librarás ni de la gramática ni del cálculo!

De muy mala gana, Hércules se dejó llevar hasta el maestro. Lino le sonrió animosamente, al tiempo que le decía:

—Vaya, vaya, Hércules. Ayer me encontré con Eumolpo y me contó que empezabas a tocar correctamente la lira. Parece ser que también cantas muy bien. ¿Por qué no pones el mismo interés cuando se trata de aprender a contar o a leer?

—Haré todo lo que pueda —suspiró Hércules.

—Para que te consueles —le dijo Lino—, te dejo elegir el libro sobre el que trabajaremos hoy. ¿Qué te parece?

El alumno contempló el montón de libros y cogió uno:

—¡Ten cuidado! La última vez estropeaste las tapas de uno.

Hércules disimuló su decepción. Allí no había más que obras aburridas: tragedias, odas, poemas épicos... De repente, se fijó en un libro que desde luego no había traído Lino: ¡Era la guía del perfecto cocinero! Lo cogió y exclamó:

—¡Este!

El hijo de Apolo se puso lívido. En su opinión, aquella elección era un insulto. No cabía duda de que su alumno había colocado aquel libro entre los demás para ponerle en ridículo. Se puso en pie muy enojado y dijo:

—¡Te burlas de mí, Hércules!

—¡Pero si tú mismo dijiste que podía elegir el texto que leeríamos hoy!

—¡En eso se reconoce tu glotonería! ¡No piensas más que en comer, Hércules! En comer y en pelearte. ¡Estoy perdiendo el tiempo contigo! Así que me voy, y mañana volveré para dar clase a tu hermano Ificles, que es mil veces más dócil que tú.

Lino se levantó y se disponía a marcharse, pero Hércules, de un manotazo, obligó a su maestro a sentarse.

—¡Vamos a trabajar sobre el texto que yo he elegido, como tú dijiste!

Irritado por la insistencia de su discípulo, Lino le dio una bofetada. Hércules se quedó estupefacto, pero reaccionó inmediatamente: ¡jamás hasta ese momento nadie se había atrevido a ponerle la mano encima! Agarró el taburete sobre el que estaba sentado y se lo tiró a Lino a la cabeza. El pico del taburete le dio en la frente y el maestro cayó al suelo.

—¡Lino! ¡Por favor, Lino, perdóname! Es que tengo mucho genio.

Hércules dio la vuelta alrededor de la mesa para levantar a su maestro, pero Lino no se movió. Entonces comprobó con espanto que el taburete le había abierto la cabeza a su desgraciado maestro y lanzó un grito de horror.

—¡Lino, contéstame, te lo ruego!

Sus desesperados gritos atrajeron a sus padres y a varios criados. Incluso el centauro Quirón acudió caracoleando. Alzó el cuerpo inerte y, tras un breve examen, concluyó:

—Hércules, Lino ya no podrá contestarte jamás pues está muerto.

—¡Por todos los dioses del Olimpo! —exclamó Anfitrión, aterrado—. Pero ¿qué has hecho, Hércules?

—Me dio una bofetada —gimió el niño, sujetándose la cabeza con las manos —y reaccioné impulsivamente…

—Ha sido sin querer —intervino Alcmena, sin poder retener las lágrimas—. ¡Hércules, no te das cuenta de la fuerza que tienes! Pobre Lino…

—¡Ay, madre, no quería matarlo, te lo juro!

Quirón y los criados se alejaron, dejando al niño con sus padres. Muy acongojado, Anfitrión fue a sentarse en el trono. ¿Convendría explicar a Hércules su origen divino, que era sin duda la causa de aquella fuerza desmesurada que tenía? ¿Habría que revelarle que era hijo de Júpiter y que solo su divino padre tenía derecho a juzgarle? Anfitrión pensó que todavía no había llegado la hora. Pero le dijo al culpable, que se había arrodillado ante él:

—No eres más que un niño, Hércules, pero tienes que expiar tu culpa. Saldrás de este palacio, donde, por lo demás, ya nadie puede enseñarte nada, y te irás al monte Citerón a vivir con los pastores. Ojalá que, en medio de la naturaleza, puedas ejercer esa fuerza que te domina y hacer algo útil por aquellos con quienes compartirás su dura existencia. No volverás a palacio hasta que cumplas dieciocho años.

Cuando Hércules llegó al bosque, dio rienda suelta a su dolor: una sola acción desafortunada y fatal había sido la causa de su destierro. Se dio cuenta de que echaba de menos a su familia, e incluso las lecciones que le daban sus maestros.

Por un momento pensó en Euristeo. Su primo lejano no tardaría en acceder al trono de Micenas y Tirinto, mientras que él, Hércules, estaba condenado a la soledad, el fracaso y el destierro.

Juno, que observaba a los hombres desde el monte Olimpo, había visto lo ocurrido y no pudo reprimir su alegría:

—¡Este joven héroe es tan impulsivo que él mismo corre a su perdición! Ni siquiera va a ser necesario que intervenga.

Transcurrieron varios años sin que Hércules bajara del monte. Allí, su cuerpo se fue robusteciendo todavía más y su hermosura llegó a ser impresionante. Cuando todavía no había cumplido los dieciocho años, alcanzaba ya cuatro codos y un pie de estatura, es decir, algo más de dos metros. Pero, temeroso de su propia fuerza, medía todos sus actos para no provocar ningún hecho irreparable.

Una mañana, uno de los pastores con los que vivía fue a quejarse a sus compañeros:

—¡El león que arrasa este monte me ha comido seis corderos!

—¡Es una calamidad! —añadió otro pastor—.

La fiera ha diezmado el rebaño de Tespio, el rey del valle vecino. ¡Se ve que ahora la ha emprendido con la región de Tebas!

—¡Ay, quién podrá librarnos de ese monstruo! ¡Ninguno de los cazadores del rey Anfitrión se atreve a enfrentarse a él!

Hércules no dijo nada, pero aquella misma noche, tras examinar las huellas que había dejado el león, se lanzó en su persecución armado con una jabalina y una espada. Horas después descubrió al animal, cuyos ojos resplandecían en la oscuridad de la noche. La fiera se dio sin duda cuenta de que tendría que habérselas con un humano más valiente que los demás, pues decidió huir. Hércules echó a correr tras el león.

—Conque tienes miedo, ¿eh? —le gritaba de vez en cuando el hijo de Júpiter, deteniéndose para recobrar el aliento—. ¡Al menos, trata de medirte conmigo!

Se diría que el león desafiaba a Hércules a correr, pues se mantenía siempre lejos del alcance de la jabalina. Aquel juego duró una semana. Luego, dos. Luego, un mes entero.

Hércules perseguía a la fiera sin descanso...

Por fin, a la mañana de la octava semana, el animal se detuvo exhausto. De un golpe, Hércules lo traspasó con su lanza y luego lo descuartizó.

«Mañana me presentaré ante las puertas de Tebas con sus despojos —se dijo—. Con ello, puede que mi padre me perdone. Además, dentro de unos días cumpliré dieciocho años».

Ya estaba cerca de la ciudad cuando se encontró con un grupo de gente que se dirigía también hacia allí. Se ciñó la piel del león a los hombros y luego se dirigió a los forasteros:

—¿Con qué motivo acudís a Tebas? ¿Vais acaso a rendir homenaje a Anfitrión, mi padre?

El que encabezaba el grupo echó una mirada despectiva a aquel joven medio desnudo; al ver que iba vestido con una piel de animal seguramente pensó que era un salvaje.

—¡Sigue tu camino, pastor! —le dijo con desprecio.

—El rey de Tebas no se merece homenaje alguno —añadió su vecino—. ¡Mas bien es él quien tiene que darnos cuentas!

La actitud de aquellos hombres era tan arrogante que Hércules se les puso delante cerrándoles el camino.

—¿Que os tiene que dar cuentas? ¡A ver si me explicáis de qué!

—Somos embajadores de Ergino, rey de la ciudad de Orcómeno— le dijo uno de los forasteros—. ¡Venimos, como todos los años, a reclamar a Anfitrión un tributo de cien bueyes!

Hércules se quedó consternado: ¡de qué servía llevar a Tebas el despojo de aquel león que diezmaba los corderos si Anfitrión tenía que desprenderse aquel mismo día de cien bueyes!

—¿Y por qué tiene Tebas que pagar semejante tributo?

—Porque, antaño, la ciudad cometió un delito.

—¿Cuál?

—Pues la verdad es que ya no nos acordamos —respondieron los forasteros—. ¡Pero se sigue manteniendo la tradición del tributo!

Hércules sintió cómo la cólera iba adueñándose cada vez más de él.

—¡Esa falta no debió de ser muy grave cuando ya la habéis olvidado! —exclamó—. ¡De modo que ya podéis ir olvidando también el tributo que venís a reclamar! ¡Hale, dad media vuelta y no se os ocurra volver a aparecer por aquí!

Los embajadores soltaron una carcajada.

—No te atreverás a desafiarnos, ¿verdad? ¿No ves que somos muchos y vamos armados?

Pero Hércules seguía cerrándoles el paso, de manera que los emisarios de Ergino blandieron las espadas. A Hércules se le subió de golpe la sangre a la cabeza. Sin la menor vacilación, se abalanzó con la espada en alto sobre la comitiva. No quería matar a nadie, sino sencillamente dar una lección a aquellos individuos para quitarles las ganas de volver a Tebas. Midiendo los golpes con toda precisión, les fue cortando la nariz o las orejas. Los forasteros daban alaridos de dolor y no tardaron en verse indefensos ante el ardor del héroe, cuya espada volaba a tanta velocidad que era imposible seguirla con la vista.

Al cabo de unos minutos el suelo estaba cubierto de decenas de orejas y narices. Los embajadores, estupefactos ante semejante audacia y destreza, eran incapaces de reaccionar.

Despechados y ensangrentados, aguardaban de hinojos[3] el veredicto de aquel invencible adversario que, a pesar de todo, les había perdonado la vida.

[3] De rodillas.

Hércules se lo tomó con calma: primero amarró a todos sus enemigos las manos a la espalda. Luego ató con cuerdas las orejas y la nariz de cada uno y se las colgó al cuello.

—¡Hale! Ya podéis regresar junto a vuestro amo. ¡Y decidle que esos collares son el tributo que les envía la ciudad de Tebas! Y sabed que, mientras viva Hércules, Orcómeno no va a recibir otro.

Encantados por haber salido con vida, los vencidos pusieron pies en polvorosa.

El regreso de Hércules a palacio se celebró con una gran fiesta. El héroe entregó a Anfitrión la piel del león que había matado. Luego le contó cómo había conseguido eximir a la ciudad de su deuda. Al oír esta última hazaña, el rey frunció el entrecejo y dijo:

—Te lo agradezco, Hércules, pero me temo que Ergino no va a estar muy contento del trato que le has dado a sus embajadores…

Y efectivamente no tardó en recibirse su respuesta: al cabo de un mes, Filos vino a ver a Anfitrión y le dijo, muy consternado:

—¡Majestad, se acerca un ejército encabezado por Ergino!

Humillado por la afrenta que se había hecho a sus embajadores, el rey de Orcómeno venía a declarar la guerra a Tebas.

—¡Los soldados de Ergino son muchísimos, majestad! ¡Vienen dispuestos a combatir, y nosotros todavía no estamos preparados!

Anfitrión quería llegar a una negociación con el fin de ganar tiempo, pero Hércules intervino:

—¡Padre, déjame que me ponga al frente de los más valientes soldados de tu ejército y verás de lo que soy capaz!

El rey de Tebas estaba sumido en grandes dudas. De repente, un gran resplandor iluminó el salón del trono. Anfitrión pensó que se le iba a aparecer el propio Júpiter en persona. Pero esta vez la divinidad envuelta en luz que se presentó ante ellos fue... ¡una divinidad femenina! Con coraza de escamas, casco, lanza y escudo, tenía un aspecto impresionante. Era Minerva, la hija de Júpiter, y llevaba en la mano una armadura, que ofreció a Hércules con una sonrisa.

—¡Tómala y vete a luchar! Yo velaré por ti. Pero no hagas mal uso de tu fuerza, Hércules.

Aunque era la diosa de la guerra, a Minerva no le gustaba la violencia. ¡No en vano era también la diosa de la inteligencia y de la sabiduría! De repente, se desvaneció tan deprisa como se había aparecido. El rey de Tebas estaba maravillado.

—Obedece a Minerva, Hércules —le ordenó a su hijo—. ¡Yo lucharé a tu lado!

Animado por la promesa de la diosa, Anfitrión no dudaba en conseguir la victoria. Mandó llamar a sus ministros, y dirigiéndose al más prudente de todos le dijo:

—Creonte, en mi ausencia, quedas al cargo de la ciudad. Si me sucediera alguna desgracia, tú serías el nuevo rey de Tebas. ¡Así lo dispongo!

Poco después, vistiendo la coraza que le había regalado la diosa, Hércules recorrió las calles de la ciudad gritando:

—¡Allá en el valle está Ergino con su ejército! ¡Hay que demostrarle de lo que es capaz Tebas! ¿Quién se viene conmigo?

Fueron muchos los que acudieron para ir a la guerra con él. Cuando el ejército de Tebas salió de la ciudad, los soldados de Ergino, agolpados en la llanura, tuvieron un momento de vacilación: ¡no se esperaban aquella reacción tan temeraria!

Hércules cargó contra ellos al frente de sus tropas. Ante su valentía, el ejército enemigo no tardó en retroceder. Pero los hombres de Ergino eran muy numerosos y Hércules no podía estar en todas las partes a la vez. Cuando trataba por todos los medios de romper las filas enemigas, oyó un grito que hizo que se volviera:

—¡Socorro, Hércules!

Era Anfitrión. Ergino había dado orden de que sus arqueros apuntaran al rey de Tebas, que, atravesado por varias flechas, yacía en medio de un charco de sangre.

Hércules corrió hacia él y se hincó de rodillas.

—¡Ay, padre! No me abandones.

Anfitrión vivía sus últimos instantes. Quiso confesarle a Hércules que él no era su verdadero padre; quiso revelarle que su destino era el de un héroe. Pero no le dio tiempo. Dirigió una última sonrisa al muchacho al que había educado como si fuera su proprio hijo y expiró.

Ciego de dolor, Hércules cubrió de lágrimas el cuerpo de Anfitrión. ¡De modo que había regresado de un largo destierro solo para ver morir a su padre! Y, hasta cierto punto, él era responsable de su muerte, puesto que había desencadenado el conflicto. Sintió que una mano se posaba sobre su hombro. Era Filos, el jefe de la guardia, que trataba de consolarlo.

—¡Ahora, Hércules, no te queda más remedio que acabar lo que has emprendido!

Hércules empezaba a comprender que no bastaba con la fuerza: era preciso, como le había recomendado Minerva, demostrar prudencia e inteligencia. Y tal vez también astucia, para eludir las pruebas del destino o de los dioses. Se alejó del ejército de su padre y trepó hasta la cumbre del Citerón, monte que conocía perfectamente, pues allí había convivido con los pastores. Vio el río y murmuró, pensativo:

—¡Si fuese capaz de desviar su curso, podría inundar el valle en el que se desarrollan los enfrentamientos!

Así que se puso manos a la obra y, mientras los soldados de Tebas y los de Orcómeno seguían combatiendo, excavó la ladera del monte. Después de algunos días de esforzado trabajo, redujo la montaña a una delgada pared que las aguas del cercano río amenazaban con derribar. Volvió a bajar al valle y ordenó a su ejército que se retirara. Luego, volvió a subir al monte, agarró una enorme rama de olivo, la levantó y de un golpe dio con ella en el alto y frágil muro, que se derrumbó.

El río se precipitó por la brecha e invadió el llano bramando. Sorprendidos y arrastrados por el ímpetu de las aguas, los soldados de Ergino no tuvieron tiempo para darse cuenta de lo que sucedía: ¡el río los arrastró y todos perecieron ahogados!

Algunos lograron escapar de la catástrofe. Refugiado en una loma, Ergino, con el puño en alto, vociferaba a su adversario:

—¡Me vengaré!

Entonces, Hércules se acordó de Anfitrión y de la muerte a traición que le habían dado, y dijo:

—Filos, préstame tu arco.

El jefe de la guardia estuvo a punto de decirle a su amo que el rey de Orcómeno estaba demasiado lejos para que pudiera alcanzarle. Pero se calló y obedeció. Hércules cogió una flecha y tensó el arco con todas sus fuerzas. Pensaba en los consejos de Éurito, que le había enseñado a disparar. Respiró pausadamente, apuntó con cuidado, se concentró… y soltó la cuerda. La flecha atravesó silbando todo el valle… ¡y fue a clavarse en el cuello de Ergino!

Los supervivientes del ejército enemigo fueron a postrarse ante Hércules, pidiéndole gracia. Entre ellos se encontraban algunos de los embajadores a los que les había cortado las orejas y la nariz.

—Os perdono la vida —les dijo Hércules—. Pero, de hoy en adelante, los habitantes de Orcómeno pagarán un tributo anual a Tebas de doscientos bueyes.

Cuando Hércules volvió a entrar en su ciudad, tuvo un recibimiento triunfal. Pero el vencedor estaba triste, pues en la guerra que había provocado había perdido a su padre. ¿Quién iba a poder consolarlo?

El nuevo rey, Creonte, era un hombre bueno y prudente y lo acogió como a un libertador.

—El palacio está a tu disposición, Hércules. Esta es tu casa. Si quieres algo, no tienes más que decírmelo y trataré de satisfacer tus deseos.

Creonte tenía una hija, Mégara, a la que las hazañas de Hércules no le eran indiferentes. Además, sentía mucha pena por la pesadumbre del héroe, y se pasó muchas horas consolándolo.

Mégara era muy guapa. Su dulzura y su paciencia, así como la solicitud[4] que demostró hacia Hércules, no tardaron en hacer mella en el joven. Un sentimiento nuevo embargó el corazón de aquel luchador, que ya no tenía que alcanzar ningún objetivo ni vencer a ningún adversario. Una mañana fue a ver a Creonte y le dijo con toda franqueza:

—Creonte, estoy enamorado de tu hija Mégara. Sé que ella también me quiere. Vengo a pedirte su mano.

El rey le abrió los brazos y exclamó:

—¡Hércules, nada podría agradarme más! ¡Casaos y sed felices! ¡Después de todas las pruebas que has padecido, espero que puedas conocer la felicidad!

Y eso fue exactamente lo que sucedió. Hércules se casó con Mégara, fundaron un hogar en el que reinaba la paz y vivieron felices varios años. Tuvieron tres hijos cuya hermosura, gracia e inteligencia llenaron de alegría a la joven pareja.

[4] Diligencia, afán por servir o atender a una persona o cosa.

Pero en el monte Olimpo Juno no se alegraba de aquella felicidad. Rumiaba su venganza y todavía no había dicho la última palabra. Le fastidiaba que la apacible vida doméstica le gustara tanto a Hércules y deseaba que el héroe cometiera una imprudencia, una falta... o un nuevo crimen que acarreara su desgracia. Pero Hércules se mantenía en guardia: ya no utilizaba la fuerza, que sabía que no controlaba bien.

Aprovechando una ausencia de Júpiter, Juno se decidió a intervenir. Mandó llamar a las Erinias[5] y, señalando con el dedo la ciudad de Tebas, les ordenó:

—¡Es preciso que Hércules se vuelva loco! ¡Sí, que lo pierda la locura!

Mégara y sus hijos se disponían a ofrecer un sacrificio a los dioses. Se encontraban ante el altar, la mesa de piedra que había en cada hogar.

Hércules, con mirada enloquecida, apareció en la habitación, andando como un sonámbulo, con los brazos extendidos.

—Hércules —musitó Mégara—, ¿que te pasa?

Su marido miró a sus hijos. Un fulgor de odio surgió en sus pupilas y en el héroe brotó la misma ira que le dominaba ante sus enemigos. Se abalanzó sobre sus hijos, los cogió en brazos y los tiró sobre el altar de piedra. Mégara se echó a sus pies gritando desaforadamente; pero parecía que él estaba sordo, ciego, dominado por órdenes mudas de las que no podía zafarse. Le partió la cabeza a uno de sus hijos sobre el altar de

[5] Divinidades infernales que atormentaban a sus víctimas hasta que se volvían locas.

los dioses, mientras su esposa le suplicaba, agarrada a él:

—¡Te lo suplico, Hércules, vuelve en ti! ¡Despiértate!

Su furiosa locura se multiplicó por diez. Agarró el ara mojada con la sangre de sus hijos y la levantó por encima de la cabeza de Mégara.

Los gritos habían atraído a algunas personas que se encontraban cerca de allí. Aterradas por el drama e impotentes ante la inexplicable cólera del coloso, nadie se atrevía a intervenir. Espantada por lo que estaba sucediendo, Alcmena musitó:

—¡Júpiter, acude en nuestra ayuda!

Pero Júpiter estaba ausente. Sin embargo, la diosa Minerva oyó la súplica de aquella madre. Cuando, desde lo alto del Olimpo, vio los asesinatos que había cometido Hércules, comprendió que su locura acarrearía interminables muertes. Entonces, la diosa de la sabiduría dijo:

—¡Duérmete, Hércules! ¡Te ordeno que te sumas en el sueño!

El asesino cerró los ojos, soltó el altar, que aplastó a Mégara y, de repente, cayó al suelo.

Cuando mucho, mucho tiempo después, Hércules recuperó el sentido, contempló una escena de pesadilla: a sus pies yacían muertos sus tres hijos. No lejos de ellos, su esposa estaba anegada en su sangre. Quiso implorar a Júpiter, pero, al levantar los brazos al cielo, los vio rojos de sangre, y entonces comprendió que era el autor de aquella carnicería: ¡en un ataque de locura inexplicable acababa de matar a los seres que más quería en el mundo! Rugiendo de rabia y de dolor, se hincó de rodillas y empezó a darse cabezazos contra el suelo, con tanta fuerza que cualquier otro humano se habría muerto inmediatamente.

—¡Quiero morirme! —vociferaba sin conseguir poner fin a su vida—. ¿Para qué voy a vivir si los dioses han querido que sea el asesino de mi propia familia?

Una mano suave lo levantó. Era Alcmena, y Hércules se echó a sus brazos.

—¡Madre —le suplicó—, si la muerte no me quiere, si ya no está aquí mi padre para darme un consejo, dime tú con qué castigo puedo expiar mis crímenes!

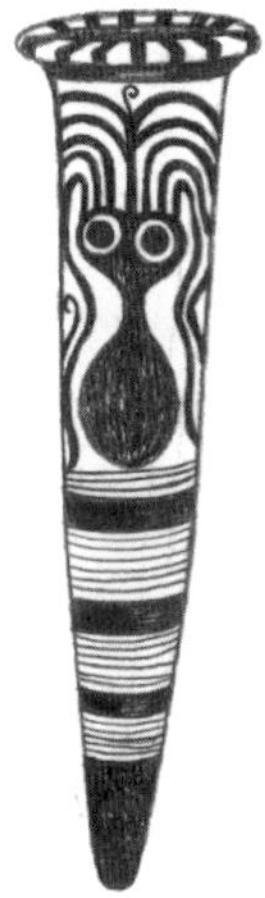

Ella señaló los cuerpos que yacían en el suelo y dijo:

—Lo que los dioses hayan decidido, solo los dioses podrán revelártelo.

Transido de dolor, Hércules fue a encerrarse en la habitación más pequeña y oscura de palacio. Allí estuvo meditando las palabras de Alcmena. Tras varios días de soledad, al fin lo comprendió.

—¡Voy a consultar a los dioses! Así, sabré la verdad y conoceré la causa de mis desgracias y el destino que me han trazado.

Entre los medios que había para conocer el pasado, el futuro y los caprichos de los dioses, el más seguro era recurrir al oráculo de Apolo en Delfos. En aquella ciudad existía un santuario en el que el dios a veces accedía a responder a las preguntas de los seres humanos por intermediación de una mujer, la Pitia.

Hércules acudió a Delfos. Tras caminar varios días, avistó el templo consagrado al dios Apolo, hijo de Júpiter. Tuvo que aguardar varias semanas antes de que lo admitieran en el adito[6], en el que un sacerdote le invitó a que formulara su pregunta. Una pregunta a la que llevaba días dándole vueltas en su atormentada mente. Con el corazón latiéndole fuertemente, musitó:

—¿Soy un hombre o un demonio? ¿Cómo puedo expiar mis crímenes?

El sacerdote esbozó un gesto de azoramiento y dijo:

—No puedo transmitirle dos preguntas a la Pitia.

Hércules lo sabía; sabía también que normalmente el sacerdote volvía a formular la pregunta del visitante para que la respuesta pudiera ser simplemente si o no; y sabía además que la Pitia podía no darle respuesta alguna. O decir entre dientes unas palabras tan incomprensibles que ni los propios sacerdotes eran capaces de descifrar. En realidad, dichas palabras eran las de Júpiter en persona, que se las transmitía a Apolo, el cual a su vez se las repetía a la Pitia. ¡Cuántos intermediarios para acceder al oráculo del dios!

—Espera —musitó de repente Hércules, muy emocionado—. Mira…

Y señaló a la mujer que, a unos metros de ellos, los observaba y parecía que les hacía una señal. Sentada sobre un taburete de tres patas por

[6] Cámara particular y reservada en algunos templos paganos.

encima de una grieta de donde salía una humareda, parecía más vieja todavía que el templo en cuyo centro oficiaba. Llevaba en la frente una corona de laurel.

El sacerdote se quedó muy impresionado, pero comprendió lo que quería decir y empujó a Hércules hacia ella.

—¡Ve, me parece que quiere que te acerques! Hazle tú mismo la pregunta.

No tuvo ni tiempo de hacerla: en cuanto llegó ante la mujer, que estaba envuelta en humo, retumbó una voz, una voz tan potente y clara como la de una muchacha, que le dijo:

—Eres Hércules, un semidiós, un héroe, el hijo que me dio Alcmena. Si has cometido tantos crímenes, es porque Juno, por celos, hizo que te volvieras loco. Con ello, pretendía recordarme una promesa y el acuerdo que habíamos concluido.

—¿Una promesa? ¿Un acuerdo? —balbució Hércules, sin darse cuenta de que estaba interrumpiendo al mismísimo Júpiter.

—Ve a Tirinto, Hércules. Allí esta tu primo Euristeo, rey de Micenas. Ponte a su servicio durante ocho años y obedécele sin rechistar. Tienes que cumplir las tareas que te encomiende. Te impondrá doce trabajos, y ese será el único medio de lavar tus crímenes y de acatar la voluntad de los dioses.

La mirada de la Pitia se empañó; meneó la cabeza como si se despertara de un sueño. A su alrededor, el vapor era más denso, como si quisiera subrayar el oráculo que Júpiter, por boca suya, acababa de pronunciar.

Ahora, Hércules ya conocía la verdad. ¡Era hijo de Júpiter y objeto de rivalidad entre las dos divinidades mayores del Olimpo! Se preguntaba en qué consistirían aquellos doce misteriosos trabajos que tenía que llevar a cabo para verse libre de culpa…

Aquella misma tarde emprendió camino hacia Tirinto. Notaba que dentro de sí renacía la esperanza y, sobre todo, la fuerza colosal a la que durante mucho tiempo había intentado poner freno. Había llegado el momento de demostrar que era un héroe.

III

La piel del león de Nemea

El león de Nemea

—¡Quiero hablar con el rey Euristeo! —exclamó Hércules.

Fascinados por la estatura y el noble porte de aquel desconocido, los soldados que montaban guardia a las puertas de la ciudad de Tirinto lo dejaron pasar. Hércules recorrió las calles de la ciudad. Al fin llegaba a su meta: cuando salió de Delfos, había contratado un barco para atravesar el golfo de Corinto y luego había cruzado la Argólida. No cabía duda de que ahora tendría que vivir allí, en aquella ciudad, pues el oráculo le había ordenado que se pusiera al servicio de su rey.

Cuando al fin entró en palacio, Hércules descubrió, sentado en el trono, a un individuo enclenque, de mirada torva y huidiza. Aquel extraño soberano observaba a su huésped con una aprensión[1] mal disimulada.

—¡No te acerques! —le ordenó—. ¿Quién eres?

—Soy tu primo —le respondió Hércules haciéndole una reverencia.

[1] *Torva:* Fiera, airada y terrible. *Aprensión:* Temor, escrúpulo, desconfianza, miramiento excesivo.

Al oír estas palabras, Euristeo reprimió un gesto de espanto. El relato de sus hazañas y la fama de Hércules habían llegado hasta él. Aunque no lo había visto jamás, Euristeo temía a aquel pariente, en el que adivinaba a un rival. ¡Pensaba que su primo venía a querellarse contra él y a arrebatarle la corona! Muy preocupado, le dijo:

—De modo que… querías verme, ¿eh?

—Así es. Me pongo a tu servicio, Euristeo. Llevaré a cabo todas las tareas que me encomiendes.

El rey se quedó mudo. ¿Se trataría de una estratagema? ¿Acaso su primo se burlaba de él? No: el héroe estaba postrado ante él con la cabeza inclinada. Al ver que se prolongaba el silencio, añadió en tono sumiso:

—Habla, Euristeo, que yo te obedeceré.

El pequeño soberano sintió un alivio enorme. Había que encontrar inmediatamente la manera de alejar de allí a Hércules. E incluso de acabar con su vida, no fuera a ser que un día su primo se volviera contra él, pues, ante aquella fuerza colosal, ¿qué iba a poder hacer Euristeo?

Desde lo alto del Olimpo, Juno velaba sobre aquel que había tomado bajo su protección, de modo que le inspiró una idea a Euristeo.

—Está bien —dijo de repente el rey poniéndose en pie—. Has de ir al bosque de Nemea y matar el león que devora los rebaños de mis pastores. ¡Vete y no se te ocurra regresar sin su piel!

En cuanto salió de palacio, Hércules se puso a dar gracias a los dioses.

«¡Matar un león! —se decía muy tranquilo—. Eso no ha de ser difícil. Ya maté una terrible fiera en el monte Citerón, cerca de Tebas».

Hércules se preguntaba si era posible que pudiera redimirse de sus crímenes mediante unos cuantos trabajos tan sencillos como aquel.

Al cabo de dos horas llegó al sombrío bosque de Nemea. Se puso al acecho, sosteniendo en la mano el arco cargado con una flecha listo para disparar. De vez en cuando observaba el suelo, intentando descubrir las huellas de la fiera, pero no había quien diera con ella. Por la noche, en un claro del bosque, Hércules se topó con unos pastores que estaban lamentándose. Se acercó a ellos y vio que había varias ovejas degolladas. A juzgar por las señales, la pata que había herido a aquellos animales debía de ser enorme, y provista de unas garras más agudas que una espada.

—¡Ni siquiera se comió sus presas! —gimió el que cuidaba el rebaño—. ¡Ese monstruo mata solo por placer y por mofarse de nosotros!

—¡Hace muchos años que anda sembrando el terror en este bosque! —añadió otro pastor—. Ay, ¿quién nos librará de esta plaga?

—¡Yo! —afirmó Hércules.

Un espantoso rugido respondió a este desafío. Los pastores huyeron en desbandada y se refugiaron en sus chozas.

Hércules se quedó solo, a la defensiva. Al cabo de un instante, apareció el león. Se plantó de un salto en lo alto de una roca y allí se quedó parado, muy ufano. Tenía un tamaño impresionante. En medio de una melena de color de fuego, brillaban dos pupilas violetas por encima de unas fauces de acerados colmillos. La fiera contempló de arriba abajo al hombre como si le diera lástima. Hércules domeñó el pánico. Tensó el arco y sopesó el disparo con tino. Le daba miedo que el animal saltara o iniciara un movimiento de huida. La flecha hendió los aires y alcanzó el hombro de la fiera; pero, en lugar de clavarse en él, rebotó... y desapareció entre unos matorrales.

—¡Vaya! —exclamó Hércules, estupefacto—. ¡Pues sí que tienes la piel dura!

Cogió inmediatamente otra flecha, tensó el arco con todas sus fuerzas y disparó apuntando al corazón. Por segunda vez la flecha rebotó como si la piel del animal fuera el caparazón de una tortuga. El monstruo abrió las fauces, bostezó y rugió. Daba la impresión de que se burlaba de su adversario. Luego dio media vuelta y se alejó de allí.

Hércules, furioso, lo siguió. A veces, el animal se detenía y el cazador le disparaba una flecha; apuntaba al cuello, a los flancos, intentando localizar algún punto vulnerable de aquel monstruo. Pero todo fue en vano: cuando los disparos tenían mucha violencia, las flechas, en lugar de rebotar, se rompían contra el cuerpo del león.

Al anochecer, Hércules se hartó y le gritó al animal en son de desafío:

—¿Por qué huyes continuamente? ¿Acaso tienes miedo de medir tus fuerzas con las mías?

Al oír estas palabras, la fiera se dio media vuelta y se abalanzó con las fauces abiertas sobre su adversario. Hércules desenvainó la espada y la blandió con ambas manos. En cuanto el monstruo estuvo a su alcance, le asestó un golpe capaz de hendir en dos un caballo. ¡Pero el hierro de su arma se torció sin llegar a hundirse en la piel del animal! Hércules pensó que la fiera se lo iba a comer; pero como si despreciara tan fácil presa, el león se dio media vuelta y desapareció en la oscuridad de la noche.

Hércules, muy despechado, fue en busca de los pastores, que estaban reunidos alrededor de una hoguera en el claro del bosque y le invitaron a compartir con ellos su cena.

—De modo que has conseguido salvarte de la furia del león de Nemea, ¿eh? —le dijeron.

—Sí. Incluso llegué a enfrentarme a él. ¡Pero me parece que su piel es más dura que mi espada!

—Naturalmente, forastero —repuso uno de los pastores—. ¡Ese no es un león vulgar y corriente, sino un león de origen divino!

—¿Qué me estás diciendo? —preguntó Hércules, intrigado.

—¿Has oído hablar del dios Tifón, el hijo de Gea y del Tártaro[2]? Ese dios cuyos dedos son cabezas de dragón y que es tan gigantesco que su cabeza toca las estrellas. ¿Sabes que Tifón estuvo durante mucho tiempo enfrentado al proprio Júpiter?

—Sí, y Júpiter lo venció —repuso Hércules hinchiendo el pecho.

[2] *Gea* es la Tierra, y *Tártaro*, los Infiernos.

—Desgraciadamente, antes de que el dios del Olimpo lo echara a los Infiernos, Tifón se unió con Equidna, la mujer-serpiente y engendró unos monstruos[3] tan espantosos como él. ¡Con decirte que el león de Nemea es uno de los hijos de Tifón!

—¿Entonces es invulnerable?

—Me parece que así es —replicó otro pastor—. Dicen que la propia Juno amamantó y crió esa fiera antes de dejarla suelta en la Argólida, para desgracia nuestra. Lleva varias generaciones diezmando nuestros rebaños, devastando los pueblos y devorando a los habitantes de esta región.

A la mañana siguiente, cuando Hércules se adentró por el bosque de Nemea en busca del león, se puso a reflexionar. Tiró su retorcida espada y dejó la aljaba[4] y el arco, que no le servían para nada. En el suelo vio una nudosa rama de olivo, muy gruesa. Sabía que era una madera muy dura, pues recordaba que con una rama parecida había conseguido abrir la brecha por la que se precipitó la corriente que se llevó el ejército de Ergino.

—¡Una maza! —exclamó—. ¡Ya que ni mis flechas ni mi espada son capaces de perforar su piel, trataré de abatirlo de un golpe!

Empuñando aquella nueva arma, se metió en el bosque. Al cabo de un tiempo descubrió las huellas de la fiera y al poco llegó a la entrada de

[3] Entre otros, a Cerbero, Ortro, la Quimera, la hidra de Lerna, la Esfinge…

[4] Caja portátil para flechas o saetas que se llevaba pendiente de una correa colgada al hombro.

una cueva. El hedor que salía de la misma y los huesos que se amontonaban fuera no dejaban lugar a dudas: ¡aquello era el antro[5] del león!

Hércules pasó por encima de la carroña y, con la maza en alto, se metió en la gruta. Lo acogió un rugido de contrariedad. En la oscuridad divisó las dos resplandecientes pupilas.

—¡Esta vez no va a quedarte más remedio que vértelas conmigo! —musitó Hércules.

Se dio cuenta de que el león se alejaba hacia el fondo de la caverna, pero el héroe siguió avanzando. Al fin salió al aire libre y comprendió lo que había ocurrido: el antro tenía dos entradas, de modo que la fiera había logrado escapar de su perseguidor. Y ya estaría lejos de allí.

—Pues, si quieres esperar, esperaremos. Menuda sorpresa te vas a encontrar cuando regreses...

Aprovechando la ausencia del león, se dedicó a explorar los alrededores. Más arriba de la caverna descubrió una enorme roca. La empujó con la espalda para que rodara y luego, de golpe, la echó hacia abajo. La piedra fue a caer exactamente delante de la segunda entrada de la cueva.

—Ahora —dijo Hércules, apostándose junto a la otra entrada—, aquí te espero.

Transcurrió toda la noche sin que el león de Nemea diera señales de vida. Por fin apareció la fiera, con la melena todavía manchada con la sangre de sus últimas víctimas. Sin sospechar

[5] Caverna.

nada, el animal se metió en su antro. Hércules aguardó unos instantes y luego se aventuró a entrar en la caverna. Blandiendo la maza, le gritó:

—¿Qué, ahora vas a hacerme frente?

El eco repitió su voz y también el ruido de los pasos de la fiera, que se alejaba. Claro está, no pudo escaparse: cuando comprendió que la segunda salida estaba cerrada, el monstruo emitió un rugido, dio media vuelta y vio que su adversario le cerraba la salida. ¡Entonces se abalanzó sobre él! Hércules le asestó un golpe tan fuerte en la cabeza que ningún ser vivo habría sido capaz de sobrevivir a él. Pero la fiera apenas se inmutó: retrocedió y volvió a la carga. Hércules le golpeó de nuevo en la cabeza con tanta furia que la maza se le escapó de las manos. Al ver que la fiera se disponía a huir, Hércules comprendió que no le quedaba alternativa: ¡tendría que luchar cuerpo a cuerpo con el animal!

En el momento en que el león se disponía a pasar por su lado para salir de la cueva, Hércules se abalanzó sobre él y le echó los brazos alrededor del cuello. El monstruo rugió intentando liberarse; Hércules apretó con más fuerza rehuyendo los colmillos, que trataban de morderle. Los adversarios se revolcaron por el polvo, entre los huesos acumulados a la entrada de la gruta. Al poco tiempo, los movimientos de la fiera se hicieron intermitentes y cada vez menos intensos, sus ojos violeta se empañaron y la cabeza se volvió más pesada.

Cuando Hércules separó los brazos, el cuerpo del monstruo cayó al suelo sin vida. Jadeando, Hércules contempló a su víctima:

—¡Acabo de vencer al león de Nemea!

El héroe se acordó de la orden de Euristeo: «¡no se te ocurra regresar sin su piel!». Entonces, fue a buscar su espada e intentó arrancar la piel del monstruo. Pero desgraciadamente, incluso después de muerto, el león continuaba conservando su poder y ningún hierro podía penetrar en su piel.

Hércules comprendió que no se habían acabado allí todos sus padecimientos, y que había llegado el momento de que la inteligencia se impusiera sobre la fuerza. Pero la cólera y el desánimo le impedían reflexionar.

—¿Qué he de hacer? —musitaba en busca de una idea.

Clavó las uñas en aquella melena, tan dura como el metal, con la esperanza de hacerle algún rasguño. De repente se fijó en las patas de la fiera y exclamó:

—¡Claro! Si hay algo capaz de cortar la piel de este monstruo, son... ¡sus propias garras!

Cogió una pata del animal muerto, y con las uñas fue desgarrando sin dificultad la piel. Cuando hubo despellejado el animal, se puso encima la piel, dejando caer sobre la frente, como si fuera un casco, la cabeza del león. Revestido con aquella insólita armadura, se presentó a las puertas de palacio.

—¡Llevadme ante el rey! —ordenó inmediatamente a los soldados.

Cuando Euristeo vio que entraba algo que él pensó, en un primer momento, que podía ser un león, creyó morir de espanto.

—¡Soy yo, tu primo! —dijo Hércules haciéndole una reverencia.

Se quitó la piel y la tiró a los pies del rey.

—¡Aquí te traigo los despojos del león de Nemea!

Euristeo no podía posar los ojos sobre el animal sin estremecerse. Y en aquel momento sintió que tenía ante sí a dos enemigos invencibles, en lugar de uno. Pensaba en la cólera de Juno si se quedaba con la piel de aquel monstruo que antaño ella había amamantado.

—¡No la quiero! —exclamó sin poder reprimir un movimiento de horror.

—¿Qué he de hacer con ella?

—¡Quédatela! Llévatela lejos de aquí. En lo sucesivo, no quiero volver a verte. ¡Te prohíbo que entres en palacio.

Hércules se quedó muy desconcertado ante una reacción tan imprevista como aquella.

—Entonces, ¿cómo voy a recibir tus órdenes?

—¿Qué órdenes?

—Sigo estando a tu servicio, Euristeo.

Hércules se postró humildemente ante el rey y añadió:

—Dime qué nueva tarea me impones y te obedeceré.

—¡Está bien, está bien! —repuso precipitadamente el rey—. Pero ante todo, sal de la ciudad.

Mientras Hércules, revestido con la piel del león de Nemea, atravesaba la puerta de la ciu-

dad de Tirinto, Euristeo, en su palacio, invocaba a Juno, suplicándole que le sugiriera un trabajo imposible de cumplir, una prueba que lo librara definitivamente de aquel molesto primo.

A la noche siguiente, Júpiter, en el Olimpo, decidió crear varias estrellas para celebrar la primera hazaña de su hijo.

Así fue como nació la constelación del León.

IV

Un monstruoso enfrentamiento

La hidra de Lerna

No lejos de la ciudad de Argos, en la región de Lerna, había una inmensa ciénaga[1], a la que nadie se atrevía a acercarse: era el dominio de un enorme reptil, una hidra, que tenía nueve cabezas. Al igual que el león de Nemea, la hidra había sido engendrada por los gigantes Tifón y Equidna. ¡Pero aquel dragón era más terrible que una fiera! Su aliento envenenado bastaba para disuadir a cualquier ser humano de atacarle. Además, su cabeza central, la más gorda, era inmortal. ¿Quién podría acabar con semejante monstruo?

«Nadie —pensó Euristeo esbozando una sonrisa perversa—. Ni siquiera Hércules».

Sí, había encontrado el medio infalible para librarse de su primo; así que mandó que acudiera a las puertas de Tirinto. Desde lo alto de la muralla de la ciudad, le gritó:

—¡Hércules, te ordeno que mates a la hidra de Lerna!

El hijo de Júpiter y de Alcmena estuvo a punto de protestar: bien estaba que le mandaran hacer un trabajo difícil que él podía llevar a cabo,

[1] Lugar lleno de cieno o lodo blando que se deposita en el fondo de las lagunas o en sitios bajos y húmedos.

¡pero no una misión imposible! Euristeo daba muestras de irritación:

—¡Vamos, vete ya! ¿A qué estás esperando?

Hércules se inclinó en señal de sumisión. Luego se ciñó a los hombros la piel del león, que le servía de túnica, y se alejó, perplejo. Según caminaba con la cabeza baja hacia la famosa ciénaga de Lerna, divisó delante de él, en medio del camino, una tenue nube de polvo. No tardó en reconocer su propio carro, que guiaba un adolescente cuyos rasgos le resultaron familiares. Le volvieron a la memoria algunos recuerdos dolorosos de la época feliz en la que su padre le enseñaba a conducir aquel veloz artefacto tirado por cuatro magníficos caballos blancos.

—¡Te saludo, Hércules! —le gritó el auriga esbozando una sonrisa.

Luego se detuvo y con un ademán invitó al héroe a subirse al carro. Hércules declinó el ofrecimiento, pero el joven añadió:

—¿No me reconoces? Soy Yolao, el hijo de tu hermano Ificles.

—¡Yolao! —exclamó Hércules acercándose a su sobrino para darle un abrazo—. ¿Qué te trae por aquí?

—Me he enterado de tu infortunio. Sé que tienes que llevar a cabo los trabajos que te vaya imponiendo Euristeo, y vengo a ofrecerte mi ayuda.

—¿Tu ayuda? Ay, desgraciadamente, no me va a servir de nada, Yolao. Además, no eres más que un niño.

—¡Hércules, por favor, déjame que vaya contigo!

—¿Estarías dispuesto a enfrentarte a la hidra de Lerna?

Al oír aquel nombre, el joven se puso lívido y musitó:

—Permíteme al menos que te acompañe hasta la ciénaga.

—¡Párate aquí, Yolao! Los caballos apenas pueden avanzar y el carro se atasca.

Hércules y su sobrino se bajaron y prosiguieron a pie. El suelo estaba húmedo y enfangado, lleno de juncos y cubierto de una niebla densa y nauseabunda. Avanzaban lentamente, chapoteando por aquel terreno pantanoso. A su alrededor reinaba un silencio mortal. De repente, una bocanada pestilente los echó para atrás.

—No podemos seguir adelante —dijo Hércules tapándose la nariz—. ¡El aire está emponzoñando!

—Eso significa que la hidra no está lejos —musitó Yolao.

Escrutaron la superficie del agua. Hércules tiró algunas piedras y lanzó unos gritos de desafío con el fin de desemboscar[2] a la fiera. Yolao, tapándose la nariz con un pliegue de su túnica, pisaba los talones a su tío. Así transcurrió algún tiempo.

—Está metida en algún sitio. ¿Cómo conseguiríamos que saliera de su escondite?

Hércules se empezaba a impacientar. Intentó mantener la calma, le rogó a Minerva que le inspirara alguna idea y de repente exclamó:

[2] Salir del bosque, espesura o emboscada.

—Ya lo tengo… ¡Flechas incendiadas! ¡Yolao, prende fuego!

El muchacho obedeció. Volvió a la orilla, recogió leña y preparó unas brasas. Hércules metió en ellas las flechas, que iba disparando hacia el centro de la ciénaga, iluminando así su brumosa superficie. Se disponía a idear un nuevo plan cuando, a veinte pasos de él, emergió una cabeza que rugía, cuyo interminable cuello serpenteó hacia la orilla.

—¡Yolao, huye!

Con la maza en alto, Hércules avanzó hacia la espantosa aparición, que abría unas fauces armadas con dientes. Evitó los colmillos, que se clavaron en su túnica, pero la piel del león de Nemea era impenetrable. Así que, conteniendo la respiración, Hércules asestó un formidable golpe a la cabeza, que intentaba comerse a su enemigo. Se oyó un siniestro crujido y brotó un chorro de sangre: el héroe le había machacado la cabeza a la bestia dejándola hecha puré.

—¡Cuidado, Hércules! —le gritó Yolao, que seguía la lucha desde la orilla—. ¡La hidra sale de la ciénaga!

En aquel momento salían del agua por doquier dos, tres…, ¡ocho nuevas cabezas, que exhalaban un aliento emponzoñando! Y se arrastraban amenazadoras hacia aquellos imprudentes humanos que se habían aventurado hasta aquel lugar. Hércules, dispuesto para el ataque, volvió a levantar la maza. Pero se quedó suspenso, fascinado por un extraordinario fenómeno. A sus pies, borboteando en las aguas de la ciénaga, el ensangrentado pescuezo de la aplastada cabeza de la hidra parecía dotado de una extraña vida: en el extremo del muñón volvió a aparecer una cabeza, ¡y luego otra! Sí, ante sus mismísimos ojos acababan de brotar dos cabezas gemelas del pescuezo de aquel animal. No cabía duda de que tenía un poder fabuloso...

Hércules tuvo un momento de vacilación, y de repente una voz le gritó:

—¡Coge la espada, rápido!

Desde la orilla, Yolao le tiró el arma, que Hércules agarró por la empuñadura. Ante la amenaza de otras dos cabezas y de una tercera que se le acercaba silbando, Hércules cogió carrerilla y... ¡dibujó con el brazo un molinillo que segó de un tajo los tres pescuezos! La sangre, de color rojo oscuro, salió a borbotones por los orificios, salpicando la piel de león que protegía a Hércules.

—¡Ten cuidado! —le gritó Yolao—. ¡La sangre de la hidra es venenosa!

El héroe retrocedió y musitó con incredulidad:

—¡Esas cabezas..., pero si han vuelto a salir!

Hércules no tuvo más remedio que volver a la orilla. Pero no podía apartar la vista de la hidra, cuyas cabezas multiplicadas se tendían hacia él acosándolo.

—¡Por eso algunas personas dicen que la hidra tiene cien cabezas! —dijo Yolao reprimiendo una náusea—. Déjalo, tío, ¿no ves que encarnizándote con este monstruo no consigues otra cosa que multiplicar por diez sus poderes?

Hércules se resistía a reconocer su fracaso y buscaba un subterfugio[3]. Entonces vio los restos de la hoguera que había prendido su sobrino. Cogió un tizón encendido y dijo:

—Yolao, cuando uno está gravemente herido, ¿sabes cómo se corta la hemorragia?

—¡Sí! Se cauteriza[4] la herida con un tizón. Pero no hay quien aguante el dolor.

—¡Y a mí qué, si no seré yo quien tenga que aguantarlo! Alejémonos un poco de aquí. Yolao, coge esa antorcha, que se me está ocurriendo una idea...

Furiosa por la presencia de los intrusos que merodeaban por su territorio, la hidra se dirigió hacia la orilla meneando sus serpentiformes pescuezos. Hércules se subió de un brinco al carro e indicó a su sobrino que se pusiera a su lado; luego hizo restallar el látigo y gritó:

—¡Arre, al galope! Y tú, Yolao, sujeta las riendas con una mano y sostén la antorcha encendida en la otra.

—¿Qué quieres hacer?

—¡Dar una vuelta alrededor de la ciénaga! Hay que provocar a ese monstruo.

Empeño inútil: al parecer, la hidra no iba a permitir que se les escaparan sus presas. Mientras el carro recorría la orilla a toda velocidad, la fiera alargó una de sus cabezas. ¡Hércules la segó de un tajo! Luego gritó:

—¡Rápido, el tizón!

[3] Salida, escapatoria.

[4] Curar.

Yolao aplicó la antorcha ardiente sobre la ensangrentada herida del pescuezo. Las demás cabezas lanzaron un alarido, retorciéndose de dolor. Se produjo un chisporroteo atroz y un olor a carne chamuscada se mezcló con los vapores estancados de la ciénaga.

—Tenías razón —admitió Yolao, fustigando los caballos con el látigo—. ¡Las cabezas ya no brotan en el pescuezo que he quemado!

Con toda la furia de un animal rabioso, la hidra extendió otra cabeza; Hércules la decapitó con la misma celeridad que la anterior y, con igual rapidez, Yolao metió el tizón en el pescuezo mutilado. Entonces el monstruo, haciendo acopio de sus fuerzas, intentó detener el carro en marcha rodeándolo con sus largos pescuezos semejantes a inmundos gusanos.

—¡Rápido, Yolao, cauteriza!

Con todas aquellas fauces alzadas contra él, se diría que Hércules no iba a saber por dónde atacar, pero su espada giraba con toda precisión y su arma provocaba una auténtica carnicería. De repente, los caballos se atoraron y las ruedas se hundieron en un terreno demasiado húmedo. El carro volcó y sus ocupantes fueron a parar al suelo. En un santiamén, Hércules se levantó; ante él estaba la hidra con sus apéndices inutilizados colgando, como si fuera un pulpo de impotentes tentáculos. Al monstruo solo le quedaba una cabeza, la más gorda, que lanzaba sobre el héroe una mirada furibunda[5]. Yolao, de rodillas en el lodo, musitó:

[5] Llena de furia.

—¡Desgraciadamente, esa es inmortal! Hércules, estamos perdidos.

El héroe no se dio por vencido. Aunque cualquier resistencia fuera vana, había que luchar hasta el final. Lo malo era que, al volcar, su espada había ido a parar al agua. Hundió las manos en el lodo para buscarla y tocó una empuñadura, la agarró y la blandió contra la espantosa cabeza en el momento en que esta abría sus inmensas fauces. Hércules soltó un grito de sorpresa, que Yolao, tres pasos detrás de él, repitió como un eco: lo que tenía en la mano no era su espada, sino una hoz de oro, tan rica y finamente labrada que el héroe exclamó:

—¡Esto es un regalo de los dioses!

En aquel mismo instante, en el lugar exacto en el que el héroe había encontrado la hoz, un enorme cangrejo le picó en el talón. El héroe dio un grito de dolor y aquel breve momento de descuido estuvo a punto de costarle la vida. Pero reaccionó a tiempo y segó la última cabeza de la hidra, que fue rodando hasta muy lejos. Entonces, en medio de la ciénaga, el inmenso cuerpo de la bestia, completamente decapitada, tuvo un sobresalto de agonía y luego se hundió lentamente en el lodo.

Hércules recuperó el aliento. Su sobrino, que seguía de rodillas, estaba como petrificado, contemplando la última cabeza de la hidra, que había caído en el borde de la ciénaga y que no dejaba de abrir y cerrar las fauces, al tiempo que giraba sus asesinos ojos. Yolao musitó:

—¡Aun privada de cuerpo sigue viva!

Pero Hércules no perdió la cabeza: sacó todas las flechas de su aljaba[6] y las mojó en la sangre que todavía manaba del pescuezo. Su sobrino se quedó muy extrañando, pero él le explico:

—¡Gracias a este veneno, todos mis disparos serán mortales!

¡Ay! Lo que no sabía es que un día, al cabo de mucho tiempo, aquella sangre sería la causa de su propia muerte.

Al cabo, se volvió hacia la última cabeza de la hidra y le dijo mirándola fijamente:

—¡Sí, eres inmortal! Pero ahora que estás aislada e inmóvil, ¿de qué te vale la inmortalidad?

Le dio una patada y la echó a rodar. Haciendo caso omiso de los gritos de rabia que profería, la alejó del agua y la empujó a agujero muy hondo. Luego, para acallar sus alaridos de rabia, le echó encima una roca enorme y dijo a modo de oración fúnebre:

—Esa última cabeza no me gustaba ni pizca.

—Hércules —dijo Yolao—, ¿donde está la extraña hoz que encontraste en el lodo?

Se pusieron a buscarla, pero no la encontraron. Ni tampoco volvieron a ver el cangrejo que había picado a Hércules en el pie.

En lo alto del Olimpo, Juno dio rienda suelta a su rabia:

—¡Estás haciendo trampa, Júpiter! ¡A ver si te crees que me vas a engañar! Dime, ¿quién puso en manos de tu hijo esa arma milagrosa?

[6] Véase la nota 4 del capítulo III.

—¡Aquí vale todo! —replicó el dios del Olimpo refunfuñando—. Además, ¿no fuiste tú la que hiciste que saliera debajo de sus pies ese maldito cangrejo?

—Hércules ha salido bien parado de esta —suspiró Juno—. Por una vez, admito que he fracasado: mi estratagema no sirvió de nada y la tuya, en cambio, sí.

Júpiter estaba tan satisfecho de la segunda hazaña de su hijo que decidió, para mitigar el despecho de su esposa, rendir homenaje al animal que ella pérfidamente había puesto en su camino. Con la mano en la que empuñaba el rayo señaló el cielo estrellado y, en medio de un ruido atronador, surgieron nuevos astros.

Por eso, desde el día en que Hércules venció a la hidra de Lerna, se ve en el cielo de la noche la constelación del Cangrejo…

V

Un jabalí para Euristeo

EL JABALÍ DE ERIMANTO

Los campesinos que habían pedido audiencia a Euristeo se postraron ante él gimiendo:

—¡Oh, gran rey de Tirinto! ¡Venimos del monte Erimanto y suplicamos tu ayuda! Un jabalí arrasa nuestros campos, devora nuestros rebaños y destruye nuestras cosechas.

—¿Un simple jabalí? —preguntó Euristeo la mar de perplejo.

—Sí. Pero es tan enorme que pesa como un buey, y tan resistente e infatigable que todas nuestras batidas[1] han fracasado.

—¿Y qué os parece que pueda hacer yo por vosotros? —repuso Euristeo encogiéndose de hombros—. No pensaréis que voy a movilizar el ejército para ir en busca de un desgraciado jabalí y darle muerte, ¿verdad?

—¡No, claro que no, majestad! Pero habíamos pensado que tal vez Hércules…

Euristeo se puso lívido y se levantó. Estaba muy enojado. La verdad era que, aunque al parecer a su primo no le interesaba el poder, su fama iba peligrosamente en aumento. Si no po-

[1] Acción de reconocer y explorar el monte para levantar la caza.

nía las cosas en su sitio, acabarían por sentar triunfalmente a Hércules en su trono.

—Está bien, ya me ocuparé del caso —dijo despidiendo a sus visitantes.

Salió de palacio, subió a la muralla y mandó que su primo acudiera a las puertas de la ciudad. ¿Pedirle a Hércules que acabara con aquel famoso jabalí? ¡Bah, para él no sería más que un juego! ¿Acaso no había matado al león de Nemea, que todo el mundo consideraba invencible, y decapitado a la hidra de Lerna, una de cuyas cabezas era supuestamente inmortal?

Euristeo andaba dándole vueltas a la cabeza para ver cómo convertía aquella tarea en un trabajo imposible de realizar, y cómo poner a Hércules en ridículo ante los ojos de aquel pueblo que ya lo admiraba excesivamente. Desde lo alto del Olimpo, Juno le sopló una idea, así que Euristeo le ordenó:

—Hércules, tienes que apresar el jabalí del monte Erimanto. ¡Pero quiero que lo traigas vivo a mis pies!

—¿Vivo? —se extrañó Hércules—. ¿Y por qué lo quieres vivo?

—¡Porque me da la real gana!

Muy sorprendido, Hércules guardó silencio: según el oráculo, tenía que realizar todos los trabajos que le encomendara su primo. ¡Tal vez los dioses, por medio de Euristeo, querían humillarlo o poner a prueba su condición humana!

Era verano. El calor se había hecho tan sofocante que Hércules decidió que solo caminaría al anochecer o por la mañana. Pasaron varios días hasta que llegó al río Erimanto. Remontó su curso hasta que divisó la cumbre de la frondosa montaña que llevaba el mismo nombre. Se adentró por un valle que parecía que había sido arrasado por un terremoto. Los aldeanos lo reconocieron y se postraron ante él gimiendo:

—¡Hércules, mira cómo ha dejado nuestros campos el jabalí! ¡Líbranos de ese monstruo! Sabemos que manejas mejor que nadie la espada, el arco y la maza.

Hércules no contestó. Esta vez las armas no le servirían de nada, puesto que no quería correr el riesgo de herir al animal. Así que les preguntó:

—¿Dónde puedo encontrarlo?

—Pues verás: pesa tanto que sus huellas se quedan profundamente marcadas en la tierra. No tienes más que seguirlas y encontrarás a ese monstruo en su cubil[2].

Hércules echó a andar.

Seguir la pista al jabalí no era difícil: por donde había pasado, los troncos de los árboles estaban quebrados, la tierra revuelta. El héroe se adentró en el bosque. Al atardecer oyó unos gruñidos que le llamaron la atención. Avanzó con prudencia y se escondió entre los matorrales. ¡De repente se topó con el jabalí! Allí estaba, enorme, con el pelaje negro, tumbado en un charco cenagoso, hozando[3] el suelo con el hocico, armado con unas defensas terribles. Cuando el animal avistó al intruso, alzó la cabeza como si le intere-

[2] Paraje donde los animales, principalmente las fieras, se recogen para dormir.
[3] Levantar el puerco o el jabalí la tierra con el hocico.

sara aquella visita, que no le pillaba desprevenido. Esbozó una especie de sonrisa burlona y gruñó:

—«¡Oing-oing!»

—¿Cómo? ¿Qué dices? ¿Me hablas a mí? —replicó Hércules, estupefacto.

—«¡Oing-oing!» —repitió el jabalí como si se burlara de él.

Luego se levantó con toda calma y se alejó con un trotecillo corto, dejando al héroe clavado en el suelo con un palmo de narices.

Cuando al fin pudo reaccionar, el animal le había sacado tanta delantera que Hércules tuvo que renunciar a seguirle los pasos, pues se estaba haciendo de noche.

Lleno de rabia, el cazador se subió a la horca de un gran árbol para dormir. Al alba reanudó la persecución del animal, siguiendo sus huellas. A mediodía todavía no lo había encontrado, y además se dio cuenta de que aquella maldita fiera le había obligado a realizar un periplo acrobático: se había arañado brazos y piernas por entre los matorrales de espinos y había estado a punto de romperse la crisma al caminar al borde de varios precipicios.

—¡Naturalmente! —admitió de mala gana—. El jabalí está en su territorio. Me da la impresión de que pretende agotarme llevándome por los lugares más peligrosos. ¡Y se las apaña para que el aire le lleve siempre mi olor, con lo que me tiene localizado a distancia!

Así que decidió tomarse unos días para explorar el monte Erimanto, con el fin de llegar a conocer el terreno tan bien como su enemigo. Luego observó sus costumbres y al fin una mañana se apostó en el camino que tomaba el jabalí para bajar al valle. Oculto en un árbol cuyas ramas se extendían por encima del sendero, tenía la intención de tirarse encima del animal para pillarlo por sorpresa y atarlo. Pero pasaron las horas, que se le hicieron eternas...

De repente oyó un gruñido por el lado opuesto.

—«¡Oing-oing!»

Le pareció que el jabalí, con la cabeza alzada, le hacía señas.

—¡Mecachis..., me estás tomando el pelo!

Hércules observó que el animal tenía el mismo gesto que Euristeo. Sí: si se comparaba a su primo con un animal, no cabía duda de que se parecía al jabalí de Erimanto.

El parecido multiplicó la cólera de Hércules, que saltó del árbol. El jabalí aguardó hasta que el héroe estuvo cerca de él y luego huyó. Como si supiera que aquel humano no tenía derecho a utilizar arma alguna.

—¡Muy bien! —dijo Hércules—. Conque me desafías a correr, ¿eh? ¡Pues ya veremos cuál de los dos se cansa primero!

El jabalí salió disparado. Cruzó el bosque a galope, recorrió los claros, se metió por frondosos túneles. Al atardecer alcanzó un valle y por la noche Hércules le perdió la pista. El monstruo causó más destrozos que de costumbre.

Al día siguiente se repitió la maniobra: mientras Hércules buscaba el jabalí, fue el jabalí el que lo encontró.

—«¡Oing-oing!» —gruñía con su feo y húmedo hocico.

Y luego se metía por la espesura y Hércules salía detrás de él.

El jueguecito duró todo un mes. Por más que Hércules recurriera a toda su velocidad y astucia, el jabalí se le escapaba siempre. Y siempre Hércules acababa aquellas interminables carreras humillado, sin aliento y derrengado[4].

Llegó el otoño. Los aldeanos no comprendían por qué Hércules no mataba el jabalí de un flechazo y empezaban a lamentarse de la suerte que correrían las futuras cosechas.

—No vale la pena sembrar —se decían con desánimo.

—Tened paciencia, pronto os veréis libres de él.

Por aquel entonces, Hércules conocía ya perfectamente el lugar y había esbozado un plan. Estuvo varias semanas en el monte Erimanto - desplazando rocas, cavando profundos fosos, ensanchando los senderos en algunos puntos y levantando numerosas barreras.

Una mañana de diciembre empezaron a caer unos copos de nieve. El monte y el valle de Erimanto quedaron cubiertos por una capa tan espesa que los aldeanos no se atrevieron a salir de casa. Armado con una simple cuerda, Hércules se dirigió al bosque, donde el jabalí estaría escondido.

No tardó en localizar las huellas del animal. Hércules caminaba lentamente; pero la bestia,

[4] Muy cansado.

diez veces más pesada que un hombre, se desplazaba todavía con mayor dificultad. Cuando Hércules estuvo cerca de su cubil, oyó un gruñido de contrariedad.

—«¡Oing-oing!»

—Pues sí... No te esperabas mi visita, ¿eh?

El monstruo se levantó pesadamente. En previsión del invierno, se había llenado de grasa en el otoño, lo que dificultaba sus movimientos. Sin embargo echó a correr anadeando[5] por la nieve. Hércules salió tras él. Como había supuesto, el animal se cansaba; evitaba instintivamente las cuestas demasiado empinadas y se metía por caminos que le parecían fáciles, aquellos que justamente Hércules se había pasado el otoño rehaciendo.

La persecución duró todo el día. Al atardecer, como había previsto Hércules, el monstruo tomó un sendero que bajaba serpenteando por la ladera del monte, un sendero que era cada vez más estrecho y que no le permitía dar media vuelta.

El animal comprendió que había caído en una trampa: el camino se acababa de repente en una plataforma minúscula que dominaba un pequeño declive.

—¡Esta vez no te va a quedar más remedio que enfrentarte a mí! —le dijo Hércules.

El jabalí jadeaba sin fuerzas, pues su peso se había incrementado con la nieve y el hielo que llevaba pegados a sus crines. Era una presa fácil de capturar. Hércules cogió impulso y se abalan-

[5] Andar una persona como el ánade, moviendo las caderas de un lado a otro.

zó sobre él. El animal pegó un salto y se hizo a un lado. Sus pezuñas resbalaron sobre la roca helada y su peso lo arrastró al vacío.

Afortunadamente, Hércules lo tenía todo previsto y la caída no fue mortal: el animal estaba unos metros más abajo, medio aturdido por el choque, que la densa capa de nieve había amortiguado. Hércules bajó hasta el jabalí, que estaba tendido de costado. Lo ató y se lo echó de un golpe al hombro.

Cargado con aquel pesado fardo, atravesó el valle. Entonces, los aldeanos salieron de sus chozas y saludaron su victoria con grandes aclamaciones, acompañando al triunfador hasta las puertas de Tirinto.

Los soldados de la guardia, muy impresionados, no sabían qué hacer.

—Lo sentimos mucho, Hércules, pero tenemos órdenes de no dejarte entrar.

—Pues yo —replicó el héroe— tengo órdenes de dejar este animal a los pies de Euristeo.

—Eso es cierto —admitieron los soldados—. Estábamos presentes cuando el rey te lo ordenó.

Así es que abrieron las puertas de la ciudad. Con el jabalí al hombro, Hércules entró y se dirigió al palacio. La guardia no tuvo ni siquiera tiempo de anunciar al rey la visita de su primo, el cual penetró en el salón del trono. Euristeo, muy sorprendido, se puso en pie sin acertar a comprender lo que estaba sucediendo. Abrió los ojos desorbitadamente y farfulló:

—Por todos los dioses del Olimpo, ¿qué haces aquí? ¿y qué es lo que me traes?

Hércules se acercó y dio media vuelta para que la enorme jeta[6] del jabalí quedara ante las narices de Euristeo.

—«¡Oing-oing!» —gruñó el animal.

Euristeo lanzó un alarido. Presa del pánico, echó a correr hacia el primer escondite que encontró: una enorme tinaja vacía que, a unos pasos del trono, servía para recoger el agua de lluvia. ¡Ante la estupefacta mirada de su propia guardia, Euristeo se metió de cabeza en la tinaja! Mientras los que presenciaban la escena se partían de risa, Hércules se dirigió hacia la tinaja y, poniéndose de puntillas, le gritó a su primo:

—¡Euristeo! He cumplido tus órdenes y he capturado el jabalí de Erimanto... ¿No me dijiste que te lo trajera vivo a tus pies? ¡Pues ahí te va!

Con un movimiento del hombro, empujó al monstruo a la tinaja. Y antes de salir de palacio, fue seguramente el único que percibió, entre la algarabía y las aclamaciones que se oían por doquier, un gruñido que respondía a los gritos de terror de Euristeo. Aquel gruñido burlón y obsesionante resonaba dentro de la tinaja repitiéndole incesantemente al rey: «¡Oing-oing!, ¡oing-oing!»...

[6] Hocico del jabalí.

VI

En pos de la cierva sagrada

La cierva del monte Menalo

Una noche, un viajero llegó a la ciudad de Tirinto; a todo aquel que le prestaba oídos, le contaba que había visto la famosa cierva del monte Menalo. Euristeo lo mandó llamar a palacio. Cuando llegó ante el trono, el forastero se hincó de rodillas y dijo:

—¡Es cierto, majestad! ¡He visto ese fabuloso animal!

Su maravillada mirada dejaba a las claras que no mentía. Al lado de Euristeo se encontraba su hija Admete, la cual preguntó:

—¿Y qué tiene de extraordinario esa cierva?

—¡Que está consagrada a Diana! —le explicó el forastero—. ¿No conoces su historia?

—¡Ay, cuéntamela! —le suplicó Admete.

—Sabrás que Júpiter se enamoró de Leto, la hija de los Titanes[1], la cual dio a luz gemelos: Artemisa y Apolo.

—Artemisa es la diosa de la Luna y de la caza, ¿verdad? —le preguntó Admete—. También se la conoce con el nombre de Diana, ¿no es cierto?

[1] Gigantes, hijos de Gea (la Tierra) y Urano (el Cielo).

—Así es. Es muy arisca y se pasa la vida corriendo por los bosques con un arco y unas flechas de plata que le regaló su padre. Un día, en el bosque, Diana avistó cinco ciervas con cuernos de oro y cascos de bronce. Capturó cuatro de ellas y las unció a su carro. Pero nunca consiguió coger la quinta, que sigue corriendo por el bosque. Y esa es la cierva del monte Menalo.

—Dime —le preguntó Euristeo—, ¿tú crees que se la puede apresar?

La pregunta del rey era de una gran ingenuidad; su huésped sonrió y le contestó:

—Imposible: ¡ni siquiera la diosa de la caza ha podido darle alcance! Además, es un animal sagrado y nadie tiene derecho a tocarla.

Euristeo era rencoroso. Estaba deseando perder de vista a Hércules, pero además quería vengarse de la jugarreta que su primo le acababa de hacer. Encomendarle una misión imposible era la mejor manera de humillarle. Así que mandó que acudiera a las puertas de la ciudad y, desde lo alto de la muralla, le gritó:

—Ya que eres tan veloz corredor, te ordeno que captures la cierva del monte Menalo. ¡No quiero que me la traigas al hombro, como hiciste con el jabalí de Erimanto!

Hércules sabía que nadie podía alcanzar la cierva corriendo y menos ponerle la mano encima. Aquella perversa orden no tenía otro objetivo que alejarlo para siempre de la ciudad, así que echó a andar lamentándose de su aciaga[2] suerte.

[2] Infausta, desgraciada, de mal agüero.

—¡Ay de mí! ¡Si no realizo este trabajo, desobedezco al oráculo y viviré siempre maldito!

Al contrario de los bosques del monte Erimanto, los del monte Menalo eran muy alegres y estaban sembrados de grandes claros. Hércules estableció su campamento en uno de ellos y luego estuvo varios días explorando la ladera del monte. Caminaba continuamente, alimentándose de lo que cazaba. Vio muchos animales, jabalíes, ciervos e incluso ciervas, todos ellos, desgraciadamente, vulgares y corrientes. Poco a poco se fue convenciendo de que el forastero había mentido o soñado y que aquel fabuloso animal no existía.

Pero una mañana se despertó sobresaltado. El sol, que acababa de despuntar, lanzaba sus oblicuos rayos a través del follaje de los árboles. Y allí, en medio de un círculo de luz, una cierva saciaba su sed en el arroyo que serpenteaba por el claro. A pesar de su gran tamaño tenía una gracia admirable. Su cabeza estaba coronada por una cornamenta de oro que refulgía en la claridad del día naciente.

Hércules se acercó. El animal alzó la testa y lo contempló con sus grandes ojos sorprendidos. Era una mirada tan cándida, tan humana, que el héroe se paró en seco, muy impresionado. Entonces la cierva dio un salto y sus relucientes pezuñas emitieron un sonido semejante al de los martillos cuando baten sobre el yunque. Hércules echó a correr en pos del animal, que desapareció en el bosque.

No tardó en darle alcance; estaba parada, con la cabeza vuelta hacia él, como si le esperara. El héroe se sintió ridículo, con aquel arco inútil y la enorme maza que no le iba a servir de nada.

En cuanto dio un paso adelante, la cierva pegó un brinco y reanudó su carrera por el bosque. No forzaba la marcha, como si no quisiera distanciarse del hombre que la perseguía. Pero nunca lo dejaba acercarse a más de veinte pasos. A veces, cuando le sacaba demasiada ventaja, aminoraba la marcha y se paraba; y luego volvía a correr al galope en cuanto Hércules recobraba el aliento. Y cuando los cascos de bronce encontraban un suelo duro, su agradable sonido metálico hacía que el corazón del perseguidor batiera al mismo ritmo.

Al anochecer desapareció en el fondo de un vallecillo, lejos, muy lejos del monte Menalo. Hércules, que estaba agotado, se tiró al suelo y se quedó dormido envuelto en la piel de león y con la cabeza apoyada en la maza. Cuando se despertó notó que alguien lo observaba. A cierta distancia de allí estaba la cierva sagrada, la cual echó a andar en cuanto él se puso en pie.

Hacia mediodía, el héroe se detuvo:

—Me lleva hacia el Nordeste —comprobó, preocupado—. ¡Vamos a salir de Arcadia!

Tres días después, Hércules seguía caminando en pos de la cierva, que había cruzado el estrecho de Corinto, atravesando Beocia al trote. Cuando llegó a los pies del Olimpo, Hércules dudó en seguir tras ella.

—¡Esta vez hemos llegado al fin del mundo!

Pensó que ya estaba bien de diversión; tomó impulso y salió corriendo a toda velocidad. La cierva se lanzó al galope, poniendo gran distancia entre ella y su perseguidor. Cuando Hércules se detuvo para recobrar el aliento, el animal se paró y lo observó. No sabía por qué, pero su mirada húmeda le recordaba la de Mégara. El recuerdo le arrancó un gemido. ¿Cuánto tiempo hacía que no ponía los ojos en una mujer?

—Está bien —musitó—. ¡Te seguiré hasta donde tú quieras!

Sus palabras fueron como una señal: la cierva echó a andar y Hércules se fue detrás de ella.

Tardaron varias semanas en atravesar Macedonia.

Al fin, llegaron a una región de suavísima temperatura, con opulentos valles y montañas cubiertas de olivos cuajados de fruto. Los campos de cereales ondeaban bajo el viento. Pero, curiosamente, no se veía a nadie. Transcurrieron algunas semanas sin que el tiempo indicara que cambiaba la estación.

«Hace casi un año que emprendí esta aventura», se dijo Hércules para sus adentros. Por delante de él, la cierva de cascos de bronce seguía avanzando.

Una noche vio que la constelación conocida como la Osa Mayor estaba justo encima de él; y a la mañana siguiente divisó en el cielo, procedentes del Norte, grandes bandadas de cisnes empujadas por el viento. Entonces exclamó con un estremecimiento:

—¡Esto significa que estoy cerca de Hiperbórea, la isla maravillosa en la que Apolo se aparece cada diecinueve años para entonar sus propias alabanzas!

En aquel preciso instante, la cierva dio media vuelta y pasó junto a él rozándolo. Hércules comprendió demasiado tarde que le había brindado una mínima oportunidad de darle alcance, y le dio mucha rabia haberla desaprovechado.

La cierva echó de nuevo a correr; galopaba hacia el Sur, colocando sus cascos de bronce exactamente sobre las huellas que había dejado en el viaje de ida. Hércules, con el corazón latiéndole muy fuerte, echó a correr de nuevo en pos de ella.

El trayecto de vuelta ofreció más percances; cuando salían de las regiones hiperbóreas, estalló una violenta tormenta que duró días y más días... Y cuando llegaron a uno de los ríos que habían atravesado hacía unos meses, Hércules se encontró con una corriente de aguas negras y rugientes. La cierva, al ver el paso cerrado, galopaba alocadamente a lo largo de la ribera en busca de un vado. ¡Hércules corría tras ella e iba acortando la distancia! Cuando se sintió casi exhausta y a punto de ser apresada, no quiso detenerse ni entregarse y se lanzó al trote hacia las aguas turbulentas. Hércules comprendió que se iba a ahogar y le gritó, espantado:

—¡No! ¡Vuelve!

La cierva no le hacía caso y se iba a meter en el agua; entonces, Hércules cogió una flecha corriente de su aljaba[3], con mucho cuidado de que

[3] Véase la nota 4 del capítulo III.

no fuera una de las que había mojado en la sangre de la hidra. Apuntó y disparó. Como había previsto, la flecha se clavó en la pata de la cierva, que dejó escapar un grito de dolor y cayó al suelo, con los cuernos de oro rozando las violentas aguas.

Hércules corrió a su lado, le arrancó con toda suavidad la flecha y, para evitar que su prisionera se pusiera en pie y echara a correr, sujetó con las dos manos su cuernos de oro.

En aquel mismo instante se vio sobre la arena un resplandor y aparecieron dos personajes magníficos, nimbados de luz. Hércules comprendió que se trataba de dos dioses. La belleza del primero no dejaba lugar a dudas: ¡era Apolo en persona! Lo acompañaba su hermana Diana. La arisca diosa empuñaba su inmenso arco y sus flechas de plata, y estaba al parecer muy enfadada, pues le dijo, airada:

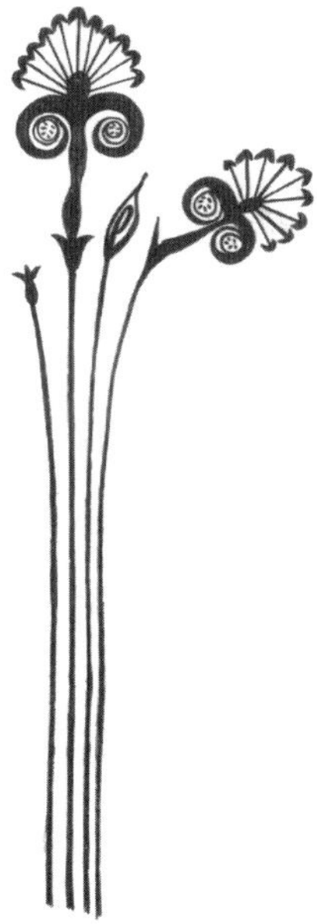

—Presuntuoso joven, ¿cómo te atreves a desafiar a los dioses? ¿Sabes cuál es el castigo que le espera a quien se atreva a ponerle la mano encima a la cierva de cascos de bronce?

Hércules sabía que había obrado mal, así que se postró ante los gemelos y les dijo:

—¡Ay de mí! No he hecho más que obedecer las órdenes de Euristeo, es decir, del oráculo de los dioses. ¿Acaso no fuiste tú, Apolo, el que exigió que expiase así mis crímenes?

—¡Es cierto! —respondió el dios, posando una mano sobre el hombro de su hermana—. Hércules no tenía otra alternativa. Al herir a la cierva, impidió que se ahogara. Este acto impío no hay que achacárselo a Hércules, que lo llevó a cabo, sino a Euristeo, que le dio la orden.

Los gemelos se consultaron con la mirada. Luego, Diana se acercó al animal. Lo acarició, comprobó que la herida era superficial y, de golpe, subió la cierva a hombros de Hércules, al tiempo que le decía:

—Llévasela a tu primo. ¡No temas! Viajarás bajo mi tutela.

Cuando Hércules volvió en sí, como cuando uno se despierta de un sueño, los dioses habían desaparecido y era de noche. Bajo la luz de la luna, se dio cuenta de que tenía la cierva sobre los hombros y notó sobre su mejilla el aliento suave y cálido del animal.

Entonces, con el pecho henchido de emoción, echó a andar hacia Tirinto. Solo caminaba de noche, porque sabía que Diana[4] velaba por él. Y pensaba en el momento en el que ya no sentiría sobre sus hombros el calor de aquel animal sagrado que transportaba con ternura.

Cuando una mañana, Euristeo vio aparecer a Hércules con su carga, se quedó asombrado: ¡no cabía duda de que los dioses lo protegían, pues de lo contrario no habría podido llevar a cabo una hazaña tan audaz sin suscitar su enemistad!

—Aquí tienes la cierva de cascos de bronce. ¿Qué piensas hacer con ella, Euristeo?

El rey estaba muy azorado, así que mandó que metieran el animal sagrado en una jaula. ¡Al día

[4] Diana es también diosa de la Luna.

siguiente apareció vacía! Euristeo, que temía más a los dioses que a Hércules, no quiso averiguar por qué prodigio había logrado escapar la cierva.

En cuanto a Hércules, fue al bosque del monte Menalo a descansar de su interminable recorrido. Por la noche se despertó sobresaltado y buscó la cierva, como cuando la perseguía sin descanso.

Pero estaba solo. En la oscuridad iluminada por la luna, un soplo de viento fresco acarició su rostro, ese viento del Norte que a veces se llama boreal. Hércules no logró volver a conciliar el sueño. Sabía que seguiría sintiendo dentro de sí, durante mucho tiempo, un vacío extraño y doloroso.

VII

El cazador con címbalos[1]
LAS AVES DEL LAGO ESTINFALO

—¿Conoces el lago Estinfalo? —le gritó el rey de Tirinto desde lo alto de la muralla de su ciudad.

Al oír ese nombre, Hércules no pudo reprimir un estremecimiento.

—Sí, primo —respondió con un gesto de terror—, sí… ¡he oído hablar de ese lugar maldito!

La superficie del lago, situado en el centro de Arcadia, no reflejaba la luz del día. Desde hacía mucho tiempo, se había convertido en feudo de unas crueles aves que, antaño, huyendo de una invasión de lobos, habían llegado a los bosques de los alrededores. Los pájaros sobrevolaban constantemente el lago, en bandadas tan densas que sus negras aguas no conocían ni la luz del sol ni la de las estrellas.

—Muy bien —prosiguió Euristeo con una sonrisa perversa—, pues voy a imponerte un nuevo trabajo: ve al lago Estinfalo y líbralo de esas aves. ¡Que no quede ni una!

La tarea se presentaba difícil, pues las aves del lago Estinfalo eran hijas de Marte, el terrible dios

[1] El címbalo es un instrumento músico de percusión, parecido a los platillos, usado por los griegos y romanos.

de la guerra. No eran pájaros corrientes: tenían el pico, las garras y las alas de bronce, y un tamaño monstruoso; además, eran tan numerosos que un ejército no habría conseguido acabar con ellos. Contaban que se alimentaban de carne humana…

Hércules suspiró: ¡no tenía más remedio que obedecer a Euristeo! Así que se puso en camino hacia el Peloponeso.

Un olor apestoso le dio a entender que estaba cerca. De trecho en trecho, las carroñas infectas de animales descuartizados se terminaban de descomponer. Divisó un campo de trigo arrasado y a un labrador que se lamentaba. El hombre le gritó:

—¡Ay de ti! ¡Rápido, vuelve por donde has venido! Mira cómo han dejado mi cosecha los pájaros del lago Estinfalo. Hace unos años no se atrevían a llegar hasta aquí; pero se reproducen sin cesar y cada vez son más numerosos, y además se diría que son inmortales.

Apenas había concluido estas palabras de advertencia cuando apareció un pájaro. ¿Un pájaro he dicho? No: ¡un monstruo de ganchudo pico, con alas tan brillantes y aceradas como un puñal! Voló por encima del aldeano, que echó a correr espantado; un segundo después se abalanzaba sobre su presa clavándole sus afiladas garras en el cuerpo. El desgraciado cayó muerto en medio de un charco de sangre. Con un tremendo zumbido acudieron otros pájaros, que, como si fueran moscas gigantescas, se lanzaron sobre el cadáver haciéndolo pedazos para comérselo.

Hércules presenció la escena horrorizado, sin que le diera tiempo a intervenir. Un piar metálico le hizo alzar la cabeza y divisó varias aves que se disponían a caer sobre él. En aquel aterrador baile aéreo se les escaparon algunas plumas, que cayeron con sorprendente rapidez. Hércules estuvo a punto de coger una en el aire, pero se detuvo a tiempo. ¡Y menos mal, porque la pluma, como si fuera un cuchillo, fue a clavarse en el suelo a sus pies!

El héroe soltó la maza y empuñó el arco, al tiempo que musitaba:

—¡Éurito, mi buen maestro, guía mi brazo!

Sin temblar, fue disparando varias de las flechas, cuya punta había mojado en la sangre de la hidra de Lerna; apuntaba al pecho o al cuello de las aves, pues era la única parte de su cuerpo que al parecer era de carne. Casi todos los disparos dieron en el blanco. Solo dos pájaros consiguieron huir, lanzando un graznido de alerta: ¡jamás habían visto a un tirador tan diestro!

Hércules prosiguió camino. Atravesó varios huertos cuyos árboles habían sido despojados de sus frutos por aquellos picos voraces; venciendo su repugnancia, pasó por varios pueblos, cuyos habitantes, muertos y despedazados, se amontonaban al borde del camino.

Al poco tiempo se adentró por un denso bosque en el que resonaba el eco de las aves invisibles. Avanzaba con el arco tenso, preparado para disparar. Cuando avistó el lago, contempló un espectáculo espantoso: en medio de una luz crepuscular, miles de pájaros sobrevolaban hasta el horizonte sus aguas fétidas, pantanosas y malolientes, repletas de huesos y carroña.

La llegada de aquel audaz humano fue recibida con graznidos de cólera. Varios pájaros descendieron en picado sobre Hércules. Sin perder la calma, el héroe se hincó de rodillas, tensó el arco, apuntó y derribó sus presas sin fallar ni un disparo. Entonces, como si todos aquellos animales monstruosos hubieran comprendido que aquel adversario era peligroso, se alejaron y fueron a posarse al abrigo de los árboles que rodeaban el lago. Al dispersarse, se fue viendo más claro. Cuando el último pájaro desapareció del cielo, la luz del día mostró todavía mejor una visión apocalíptica: el lago Estinfalo era una cloaca inmunda. Hércules suspiró: ¿cuánto tiempo tendría que pasar antes de que aquellas aguas volvieran a estar limpias?

—¡Ay de mí! —exclamó—. No he concluido el trabajo: solo he matado a quince o veinte de esos monstruos y tengo que exterminar todos.

Con el arco tenso, Hércules fue dando la vuelta al lago. Pero los pájaros se mantenían lejos de su alcance; se habían refugiado en los matorrales y el sotobosque[2] de espinos absolutamente impenetrables. ¡A ver quién se atrevía a sacarlos de allí!

—¡Salid de ahí! ¿Tanto miedo tenéis de mis flechas?

---

[2] El matorral es un terreno inculto lleno de malezas. El sotobosque es la vegetación formada por matas y arbustos que crece bajo los árboles de un bosque.

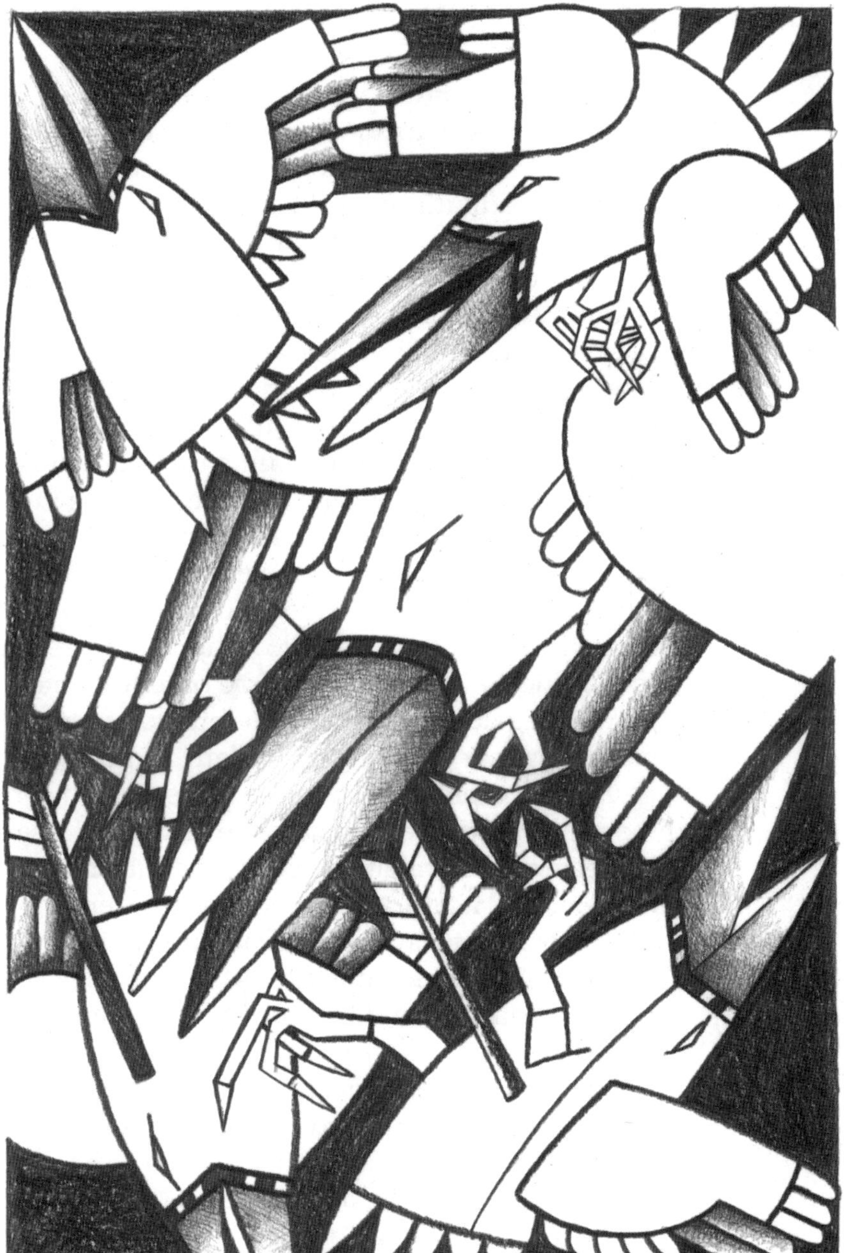

Después de dar una vuelta al lago, Hércules se sentó muy alicaído: ¡ningún pájaro se dejaba ver! ¿Qué podía hacer? ¿Cómo se iba a presentar ante Euristeo y admitir que había fracasado?

—¡Oh, Minerva! —imploró—. ¡Tú que eres enemiga declarada de Marte, padre de estas aves, tú que ya me ayudaste regalándome la armadura que me permitió vencer al ejército de Ergino, Minerva, te imploro una vez más que me socorras!

En aquel instante resonó un chasquido metálico tan violento y cercano que Hércules se volvió, dispuesto a enfrentarse a un adversario. Vio en el suelo dos magníficos címbalos de bronce cuyas conchas relucían al sol. Sin dar crédito a lo que veía, alzó los ojos al cielo y dijo:

—Minerva, ¿eres tú la que me haces este inesperado regalo? ¿Te parece que puedo tener ganas de jugar? A no ser que… ¡Claro, eso es!

Cogió los pesados címbalos y los golpeó con todas sus fuerzas. Los pájaros se asustaron y salieron inmediatamente de sus escondites batiendo las alas. Hércules empuñó el arco y, en unos segundos, los alcanzó sin dificultad.

Muy agradecido, musitó:

—¡Gracias, diosa de la inteligencia y de la sabiduría!

Se metió en el bosque, recorrió un centenar de metros, se detuvo y luego volvió a tocar los címbalos.

De nuevo salieron de la espesura graznando furiosos una decena de pájaros. Para Hércules fue un juego de niños irlos atravesando con sus flechas. Sí, ¡un juego! Cuando tocaba los címbalos, el héroe se entretenía tratando de adivinar por dónde saldrían las aves. Y en cuanto levantaban el vuelo, les apuntaba con su arma, haciendo un alarde de velocidad para abatirlas una por una, mientras gritaba de alegría. Sin embargo, le atenazaba un temor, pues no se le iba de la cabeza este pensamiento: «¡No me van a llegar las flechas!».

Pero era evidente que Minerva velaba por él: ¡por más flechas que Hércules sacaba de la aljaba[3], esta nunca se le vaciaba!

El héroe volvió a darle otra vuelta al lago Estinfalo. De trecho en trecho se detenía, cogía los címbalos de la diosa y los entrechocaba con todas sus fuerzas; asustados por el estruendo, los pájaros salían de su escondite. En cuanto se alejaban un poco y sobrevolaban el lago, los mataba en pleno vuelo y sus víctimas iban cayendo al agua una tras otra.

Cuando comprobó que el cielo estaba vacío, siguió tocando los címbalos; pero esta vez era para dar las gracias a Minerva por haberle ayudado a llevar a cabo aquel trabajo.

De camino de vuelta, se cruzó con un pastor y su rebaño que se dirigían al lago. Para asombro de Hércules, el hombre se postró ante él. Entonces el pastor dijo muy contento:

—¡Sabemos quién eres, Hércules, y que has limpiado el lago de los pájaros que lo infestaban! ¡Gracias a ti, los pueblos volverán a poblarse, las

[3] Véase la nota 4 del capítulo III.

cosechas florecerán y la alegría renacerá de nuevo en nuestros corazones!

«Pues entonces —se dijo Hércules para sus adentros, al tiempo que invitaba al pastor a que se pusiera en pie—, mis trabajos no habrán sido inútiles: y pensando en fastidiarme, lo que hace Euristeo es ayudarme a librar al mundo de sus plagas...».

Adivinó que la noticia de su hazaña no tardaría en llegar a oídos de su primo. De repente pegó un respingo, pues oyó un rumor de alas por encima de su cabeza: pero no era más que una alondra que revoloteaba por el aire. Su puro instinto de cazador le hizo tensar el arco y apuntar al pájaro; pero en el último momento cambió de idea. Por primera vez en la vida, pensó que era cruel e inútil matar un ser vivo que no le hacía daño.

Y entonces, como para darle las gracias por ello, la alondra fue a posársele en el hombro. Con aquella leve carga, el héroe regresó a Tirinto.

VIII

Enfrentamiento con el toro del rey de los mares

EL TORO DEL REY DE CRETA

Por aquel entonces, en el sur de Grecia, el rey Minos mandaba sobre Creta. Deseoso de proteger su isla contra las tempestades, Minos decidió congraciarse con el dios de los mares y ofrecerle un sacrificio. Se subió a un peñasco y mirando al mar exclamó:

—¡Oh, gran Neptuno, dame una señal para que sepa qué animal debo inmolarte!

En el fondo del mar, las aguas empezaron a agitarse y de ellas salió un toro; pero no un toro corriente, sino un animal magnífico y colosal. Era como una estatua creada por un escultor genial: sus cuernos dibujaban una curva perfecta y su negrísima piel relucía como si fuera de metal bruñido. El animal se sacudió, salió a la orilla y se dejó capturar sin ofrecer resistencia.

Fascinado, Minos lo encerró en un recinto. Pero no se decidía a matarlo. Todas las mañanas se arrodillaba ante el altar de los dioses y musitaba:

—¡Qué lástima degollar un animal tan hermoso!

Con el fin de retrasar el acontecimiento, lo utilizó como semental. Aumentó sus rebaños y consiguió vacas y bueyes, cuya carne y leche enriquecieron a los cretenses. Al poco tiempo, el rey de Creta había desistido de sacrificar el toro a Neptuno. Aunque sabía que era peligroso faltar a la promesa hecha a un dios.

Así que una tarde, casi a escondidas, mandó traer un toro, pero muy distinto: era un animal flaco y enfermizo que hubo que llevar prácticamente a rastras hasta el altar de piedra.

Minos alzó el cuchillo y dijo solemnemente:

—¡Ya ves, dios de los mares, que te obedezco! ¡Te ruego que sigas otorgándome tus favores y protegiendo nuestra isla!

Neptuno, que ya estaba cansado de esperar, se enfadó mucho con el cambio. Para castigar al rey por la desfachatez con que había pretendido engañarlo, dispuso que el toro que le había enviado se volviera furioso. A la noche siguiente, un gran estruendo despertó a todo el palacio: ¡el toro de Neptuno se había escapado! Había derribado a cornadas los muros del recinto, despanzurrando a varios guardianes.

Cuando el rey de Creta comprendió que había cometido un error, ya era demasiado tarde: la bestia había huido. Minos ordenó que la buscaran y la capturaran, pero fue en vano: el toro, furioso, no permitía que nadie se acercara a él.

Desde aquel día, el monstruo arrasaba los valles, sembrando el pánico por toda la isla…

En Tirinto, Euristeo, que había tenido noticia de esta historia, vio una ocasión inesperada para poner a prueba a su primo y alejarlo del reino. Mandó llamar a Hércules y le dijo:

—¡Te ordeno que vayas a Creta y que domes el toro del dios Neptuno! Y mira..., me lo traes al hombro, como hiciste con el jabalí de Erimanto y con la cierva del monte Menalo.

Hércules se puso en camino de inmediato. Atravesó Laconia y se embarcó rumbo a la isla del rey Minos. Sin embargo, la perspectiva de enfrentarse a aquel toro de origen divino le preocupaba, porque le parecía que era un acto impío. Durante la travesía, el barco se encontró en medio de un gran temporal y Hércules pensó que aquello era una señal. Dejó de ayudar a los marineros, que luchaban contra las enfurecidas olas y, apoyado sobre la borda, exclamó:

—¡Oh, Neptuno, ¿acaso no quieres que desembarque en Creta?

Inmediatamente cesó el temporal. La tripulación se quedó admirada, y comprendió que aquel gigante revestido con una piel de león no era un pasajero como los demás. Por su parte, Hércules entendió que el hecho de que se enfrentara a aquel toro sagrado no desencadenaría la ira del dios de los mares.

Al desembarcar en Cnosos, vio que la gente se alejaba del puerto en desbandada.

—¿Qué pasa? —les preguntó—. ¿Por qué huís?

—¡Ahí viene el toro de Neptuno; ya está devastando el valle vecino!

Hércules se fue para allá a todo correr; a la vuelta de un camino, descubrió al furibundo[1] monstruo devastando un campo.

[1] Lleno de furia.

El héroe, que ya se había visto en muchas situaciones apuradas, se quedó sin embargo muy impresionado por la nobleza de aquel animal: la montaña de músculos, la testuz abultada, las patas nudosas como el tronco de un roble y el cuerpo que se estremecía..., ¡aquello sí que era un adversario a su medida!

En cuanto vio a aquel humano que no huía ante él, el toro se quedó parado observándolo. Hércules lo provocó a voces, pero el animal desconfiaba y no quería moverse. Entonces, el héroe dejó en el suelo la gran red que llevaba consigo y se acercó a él.

Al verlo, el monstruo bajó la cabeza, le apuntó con los cuernos y rascó la arena rugiendo. Hércules no se decidía a atacarlo, se soltó los broches que le sujetaban en los hombros la piel del león de Nemea, que, como ya hemos dicho, era de un color rojizo maravilloso, y la agitó ante el hocico del animal. Aquello fue como una señal: ¡con un atronador bramido, el toro se abalanzó sobre Hércules a toda velocidad! Justo en el momento en que llegaba a su altura, el héroe hizo un quiebro; esquivó por los pelos los cuernos, que estuvieron a punto de ensartarlo, y los agarró con todas sus fuerzas. Loco de rabia al sentirse sujeto, el toro sacudió la cabeza intentando liberarse, se echó al suelo, pero Hércules no lo soltó y los dos combatientes rodaron por el polvo en un cuerpo a cuerpo colosal. El toro mugía y se revolvía con las pezuñas en el aire, el héroe sentía sobre los hombros su aliento jadeante y cálido.

Hércules no soltaba su presa, que se debatía inútilmente, agotando sus fuerzas, y tanteó el suelo en búsqueda de la red. En un último esfuerzo, consiguió poner el animal patas arriba. El monstruo no tardó en quedar enredado en las mallas.; cuanto más se movía, más se liaba en ellas. Al cabo de un rato, el toro del rey de los mares se quedó quieto y dejó caer la cabeza en señal de sumisión.

—¡Has peleado muy bien! —le dijo Hércules poniéndose en pie.

Alzó el animal vencido sobre sus hombros y con aquella carga se dirigió al puerto. Al verlo pasar, la gente se quedaba sorprendida y admirada. Los marineros no se atrevían a cargar aquel animal en el barco, pero Hércules los tranquilizó:

—No corremos peligro alguno: si he vencido a este toro es porque Neptuno así lo ha querido.

Y efectivamente, la extraña expedición hizo la travesía de regreso sin el menor problema.

La mañana en que Hércules, cargado con su enorme fardo, avistó Tirinto, oyó la voz de Euristeo, que desde lo alto de la muralla chillaba con tanta furia como temor:

—¡No lo dejéis entrar! ¡Sobre todo que no entre aquí!

Hércules liberó el animal de la red con que había venido sujeto desde Creta y, más dócil que un cordero, se dejó llevar y guiar sujeto por un solo cuerno.

—¡Aquí tienes el toro de Neptuno, domado y vivito! ¿Qué piensas hacer con él, Euristeo?

El rey de Tirinto estaba furioso: jamás había imaginado que su primo llevaría a cabo semejante hazaña.

—¡Nada, nada! —gruñó—. ¡Que se marche de aquí inmediatamente!

—¡Como tú mandes! —respondió Hércules.

Casi a regañadientes, Hércules soltó el toro. Sorprendido al verse de repente libre, este emprendió la marcha y desapareció en el valle.

—¡Qué imprudencia! —se quejaron los habitantes de Tirinto—. ¡Ahora va a arrasar nuestras tierras!

Pero no fue así. Nadie volvió a ver el toro de Neptuno. Algunos marineros de Argólida cuentan que, una noche, cuando un huracán arrasaba la costa, apareció en la playa. Se fue trotando hasta el agua, que, según dicen, se lo tragó, y desapareció con un gran mugido. Pero igual no eran más que los últimos rumores de la tempestad, que, aquella noche, amainó de golpe sin que nadie se lo explicara.

IX

La sangrienta historia del rey que alimentaba sus caballos con los forasteros que pasaban por su país

Las yeguas de Diomedes

En los confines de Grecia, en Tracia, vivía un sanguinario rey que aborrecía a los forasteros. Se llamaba Diomedes. Era hijo de Marte, el terrible dios de la guerra, y de Cirene, una hermosa libia de la que antaño Apolo se había enamorado.

Diomedes reinaba sobre un inmenso imperio que se extendía por la orilla norte del mar Egeo. En él abundaban los islotes rocosos, y sus costas eran tan escarpadas que muchos navíos se estrellaban contra ellas. En vez de acudir en ayuda de los náufragos, Diomedes mandaba que los apresaran y se los llevaran a palacio, y ¡se los daba de comer a sus caballos! Sí: sus caballos eran animales fuera de lo común, yeguas que escupían fuego por la boca y los ollares[1]. Se habían hecho carnívoras porque el rey de Tracia solo las alimentaba con carne humana. Se decía que no había quien las domara, y estaban siempre encerradas en los establos, ante unos comederos de

[1] Orificios de la nariz de las caballerías.

bronce, fuertemente atadas mediante gruesas cadenas de hierro.

Ya sabemos que Euristeo estaba siempre discurriendo cómo enviar a su primo a alguna misión que lo alejase del reino lo más posible y que lo pusiera en grandes peligros. Lo mandó llamar a las puertas de la ciudad y le dijo:

—Hércules, quiero que vayas a Tracia y que me traigas las yeguas de Diomedes. Pero ojo: no vuelvas hasta que no estén domadas y sean tan mansas como corderos.

Al día siguiente, Hércules se fue al puerto de Tirinto. ¿Encontraría un capitán tan osado como para zarpar con él hacia aquellas salvajes regiones? ¿Cómo robar las yeguas sin que lo devoraran? ¿Cómo volver con ellas sin enfrentarse a su amo? ¡Si lograba hacerse con los animales, el rey seguramente lo perseguiría con todo su ejército! Si pudiera matar las yeguas, el trabajo sería más fácil.

Entonces, Hércules vio que, desde una galera armada, un soldado viejo le hacía señas. Abrió los ojos como platos, sin poder dar crédito a lo que veía:

—¡Filos! ¿Eres tú? Pero ¿qué haces por aquí?

—¡Te aguardábamos, Hércules! —respondió el antiguo jefe de la guardia señalando a la tripulación reunida en el puente—. Nos enteramos de la tarea que te ha impuesto Euristeo y queremos ir contigo. ¡Si es preciso, te seguiremos hasta el Ponto Euxino[2]!

[2] Nombre con el que antiguamente se designaba el mar Negro.

La emoción hizo que se le empañaran los ojos. Hércules se echó en brazos del que antaño fuera el más valiente de los lugartenientes de Anfitrión y le dijo:

—¡Mi buen Filos! ¿De modo que no tienes miedo de las yeguas de Diomedes?

—¡Bah, como se nos resistan, nos las zampamos nosotros a ellas! —añadió uno de los nuevos compañeros de Hércules con una carcajada.

Tras navegar durante varios días a lo largo de las costas de Macedonia, la galera penetró en el angosto estrecho de los Dardanelos y luego se internó por la peligrosa Propóntide[3]. La intensa niebla los obligó a navegar con suma prudencia.

—¡Por eso abundan los naufragios! —comentó Filos.

—Sí. Pero la niebla nos favorece, pues nos permitirá atracar sin que nos vean.

Y eso fue exactamente lo que hicieron Hércules y sus compañeros: se refugiaron en una pequeña cala y escondieron allí la nave. Luego emprendieron el camino que conducía a la capital de Tracia. A la noche siguiente avistaron los muros de la ciudad.

—¡Hay que aguardar a que se haga de noche para introducirnos en el recinto! —recomendó Filos, que de sobra conocía cuál era la hora en que aflojaba la atención de la guardia.

Para Hércules y sus amigos fue un juego de niños el reducir a la guardia, abrir las puertas de

[3] Nombre con el que antiguamente se designaba el mar de Mármara.

la ciudad y, al amparo de la oscuridad de la noche, llegar a palacio. Les llamó la atención un violento resplandor de llamas intermitentes que salían de un ala del edificio. Se acercaron y al instante oyeron unos relinchos monstruosos: en los establos, los caballos habían olido la presencia de seres humanos. Hércules comprendió que tenía que actuar sin tardanza.

—¡Allí están las yeguas, vamos! —exclamó blandiendo la maza.

El grupo irrumpió en los establos, dejando petrificados de estupor a tres o cuatro palafreneros[4]. Ante su vista tenían un espectáculo aterrador: dos docenas de grandes yeguas blancas estaban atadas ante inmensos pesebres de bronce. Algunas de ellas, irritadas por aquella intrusión nocturna, piafaban[5] impacientes; otras habían dejado de comer y se volvían hacia los recién llegados; y, como si fueran dragones, echaban fuego por los ollares. Las últimas de la fila ni siquiera alzaron la cabeza, pues estaban muy ocupadas zampándose un montón de brazos y piernas que tenían en los comederos. Al respirar aquel aire apestoso y cálido, que olía a carroña y a carne quemada, Hércules sintió nauseas.

—¡Rápido, hay que dar la voz de alerta! —gritaron los palafreneros.

Pero en seguida quedaron fuera de combate, atados y amordazados en un rincón de la cuadra. Entre tanto, excitadas por aquella actividad

[4] Mozo de caballos.

[5] Alzar el caballo, cuando está parado, ya una mano, ya otra, dejándolas caer con fuerza.

y convencidas de que les iban a servir un suplemento de comida, las yeguas se pusieron a relinchar horriblemente. Hércules soltó la primera yegua y en seguida se dio cuenta de que se encontraba ante una tarea difícil: el animal se encabritaba escupiéndole fuego vivo.

—¡Hércules! —gimió Filos, que luchaba contra una yegua igual de embravecida—. ¿Cómo vamos a arreglárnoslas nosotros si incluso a ti te cuesta tanto trabajo?

La cuestión quedó zanjada al momento: fuera resonaban los pasos rítmicos de una guarnición en marcha que se acercaba. Un instante después, un centenar de soldados armados hasta los dientes irrumpió en los establos. Iban encabezados por un gigante vestido de púrpura, de ojos crueles y barba negra. ¡Era el mismísimo Diomedes!

—¡Ya me parecía a mí! —exclamó esbozando una sonrisa feroz—. Conque estos forasteros se han metido con mis yeguas, ¿eh? Bueno, preciosas, pues os prometo que dentro de nada os comeréis el postre. No, soldados, dejadme este a mí —añadió Diomedes, abalanzándose sobre Hércules, que no llevaba más que una maza en la mano.

El héroe esquivó la espada del rey y, de un golpe, la hizo salir volando. Diomedes, furioso, se echó sobre su adversario, pero Hércules, tras un breve cuerpo a cuerpo, lo dominó inmovilizándole los brazos.

Mientras tanto, los compañeros de Hércules luchaban valientemente contra los soldados de

Diomedes, pero aunque estos los superaban en número su ardor flaqueaba a ojos vista. Cuando se percataron de que su rey estaba prisionero, se hincaron de rodillas, suplicando:

—¡Perdonadnos la vida! ¡Y llevadnos con vosotros! Si no, es preferible que nos deis muerte ahora mismo, porque el rey nos castigará por esta derrota echándonos a las yeguas para que nos coman.

—¡Eso tenedlo por descontado! —bramó Diomedes. Y cogiendo un puñal que llevaba escondido en la túnica, se lo clavó a Hércules en el pecho. Afortunadamente, la piel del león de Nemea amortiguó el golpe. Indignado por este acto traidor, el héroe gritó enfurecido:

—¡Vil tirano, te espera el mismo final que el que tú das a tus enemigos!

Agarró a Diomedes como si fuera un tronco de árbol seco, lo levantó por encima de su cabeza y luego lo tiró en los comederos de bronce. Las yeguas se echaron inmediatamente sobre aquella cena inesperada y descuartizaron al rey, que intentaba liberarse gritando desaforadamente. Al poco, del tirano no quedaban más que unos restos ensangrentados, que colgaban de los grandes pesebres. Sus criados, en lugar de lamentarse, dijeron a Hércules:

—¡Nos has librado de un déspota! Las yeguas te pertenecen. ¡Llévatelas lejos de aquí!

—Muy bien —intervino Filos—, ¿pero cómo nos acercamos a ellas?

Con la última comida, los animales se habían calmado. Ya solo echaban vapor por los ollares y sus relinchos no parecían de rabia. Hércules soltó a una, que no opuso resistencia. Acarició el cuello del animal y de un brinco lo montó. La grupa de la yegua apenas se estremeció. Los que estaban en la cuadra exclamaron:

—¡Por fin las yeguas de Diomedes han encontrado a su amo!

—No es eso —respondió Hércules—, se sienten liberadas del que las tenía esclavizadas y las había acostumbrado a comer cosas horribles.

Hércules y sus compañeros llevaron las yeguas hasta el barco, en el que se subieron dócilmente. Durante la travesía de regreso, comieron de buen grado el forraje que les dieron.

Una tarde, un extraño cortejo se presentó a las puertas de Tirinto: eran las veinticuatro yeguas de Diomedes, montadas por Hércules y sus compañeros. Euristeo, estupefacto, contemplaba las yeguas domadas, y tuvo que reconocer:

—La noticia de tu hazaña había llegado hasta mis oídos, pero quería ver con mis propios ojos semejante prodigio… ¡Hay que ver lo poco que has tardado!

—Sí, y continúo a tus órdenes, Euristeo. ¿A qué lejano país piensas mandarme ahora?

El rey esbozó una pérfida sonrisa y dijo:

—¡Bah! Solo a un par de jornadas de aquí: a Élide.

Hércules se quedó muy sorprendido, y entonces Euristeo añadió en son de burla:

—¡Pero la tarea va a ser larga y difícil! Quiero que limpies los establos de Augias…

X

Un trabajo sucio

Los establos de Augias

Augias, rey de Élide, tenía un rebaño muy grande: tres mil bueyes metidos en unos establos inmensos. Tiempos atrás, los animales habían sido el orgullo de su amo, y el abundante estiércol que producían, la riqueza de la región.

Pero Augias tenía los animales muy abandonados. Desde hacia treinta años, es decir, desde el comienzo de su reinado, no había mandado limpiar los establos. Los excrementos alcanzaban tal volumen que hasta los esclavos, asqueados por aquel hedor, se negaban a entrar en ellos. Los animales, al no estar cuidados, ya no servían para trabajar los campos, y, sin abono, las cosechas eran cada vez más escasas. Élide se había convertido en un reino empobrecido que se quedaba sin habitantes. Incluso en sus fronteras se quejaban del olor pestilente de esos establos.

—¿Que yo, Hércules, tengo que limpiar los establos del rey Augias?

—Es una orden —repuso Euristeo—. Tómate todo el tiempo que te haga falta.

Jamás Hércules se había sentido tan humillado: aquella tarea era repugnante y no la acabaría en toda la vida.

Resignado, Hércules partió y cruzó Arcadia. Mucho antes de llegar al reino de Augias, el mal olor le indicó que ya estaba cerca. Solo podía seguir adelante tapándose la nariz con la túnica, así que decidió subir a la cumbre de un cerro, en donde el aire estaba menos viciado. Desde allí contempló el valle donde se encontraban los establos, en fila: eran una serie de edificios de adobe sumidos en la fétida y tibia bruma del estiércol. Hércules fue a lavarse y a beber en un gran río que corría por allí cerca. Luego se levantó y trató de orientarse.

—Este río es el Alfeo —musitó—. Muy cerca, por el valle de Tempe, corre otro río, el Peneo, que nace en el macizo del Pindo. Ambos desembocan en el mar que se ve desde aquí…

Se le estaba ocurriendo una idea un tanto descabellada: se acordaba de cómo, tiempos atrás, había sembrado el desconcierto entre el ejército de Ergino, rey de Orcómeno. Tras dedicar el resto del día a explorar los alrededores, volvió a bajar al llano y entró en la ciudad de Élide con mejor ánimo.

A la mañana siguiente, en cuanto amaneció, acudió a palacio; pidió audiencia al rey, que lo recibió con cansancio y desconfianza.

—¿Así que eres Hércules? Y Euristeo te ha mandado que limpies mis cuadras ¿eh? ¡El muy insensato no sabe lo que dice! Cuéntame cuántos hombres necesitas y cuántos años tardaras en hacerlo.

Desde que tenía aquellos rebaños, el rey Augias se parecía cada vez más a un toro: allí estaba repanchigado[1] en el trono, con la frente baja y contemplando al forastero con sorna

—No necesito a nadie —respondió Hércules—. Y espero tener terminado el trabajo esta tarde.

Al oír aquellas palabras, el rey Augias soltó una carcajada.

—¿Esta tarde? ¡Me gustaría verlo! Si lo consigues, te regalo encantado el diezmo[2] de mis tierras y de mi ganado.

—Cuidado con lo que dices, padre —le advirtió un joven que acababa de entrar.

Era Fileo, hijo único del rey. Dirigió a Hércules una mirada de admiración y añadió dirigiéndose a Augias:

—Conozco su fama. Debemos creer en lo que nos dice.

—¡En ese caso, le doy mi palabra! Bien merecido se lo tendrá si logra llevar a cabo esa tarea. Pero ¿en un solo día? ¡Eso sí que no hay quien se lo crea!

Hércules salió de palacio y se dirigió al valle donde estaban los establos. Se metió en ellos chapoteando por el estiércol y tapándose la nariz, y recorrió los callejones gritando:

—¡Sacad los bueyes! ¡Llevadlos a pacer al monte!

Los criados obedecieron sin dar crédito a lo que oían, pero muy contentos de largarse de allí. Al momento, los rebaños se dirigieron en largas

[1] Repantigado, arrellanado.

[2] Derecho del diez por ciento, que se pagaba al rey, del valor de determinadas mercaderías.

filas hacia los pastos vecinos. Entre tanto, Hércules, tapándose la cara con la piel del león, iba abriendo las puertas de los establos. Para airearlas, de trecho en trecho abría una brecha en las paredes con su maza.

Hacia mediodía, los establos estaban vacíos; no quedaban más que la basura y el estiércol. Hércules se acercó al cerro y excavó un gran foso que iba hasta el río Alfeo. Cuando llegó a él, las aguas cayeron con fuerza por aquella brecha. Arrastrando a su paso tierra y piedras, no tardaron en ensanchar aquel tosco canal. Un torrente recién nacido corrió monte abajo. Hércules no esperó a que las aguas llegaran al valle, sino que corrió hacia el macizo que se alzaba frente a él, el Pindo. El día anterior había advertido que el otro río, el Peneo, recorría un angosto desfiladero fácil de cerrar. Hércules trepó hasta el pico rocoso que dominaba el desfiladero y fue empujando enormes bloques de piedra, que tiró al río. En seguida formó una presa, cuyo nivel subía a ojos vista, hasta que se desbordó y se abrió otro cauce: ¡un collado[3], por el que se precipitó el río para ir a salir al valle!

Hércules observó con satisfacción la obra que había llevado a cabo: abajo, los cursos de los dos ríos, desviados, se unían en uno que ya alcanzaba los establos. Las impetuosas aguas se metían por todas partes, arrastrando hasta el cercano mar estiércol, paja, inmundicias… ¡Hasta las paredes quedaban limpias y lavadas!

[3] Depresión suave por donde se puede pasar fácilmente de un lado a otro de una sierra.

A la tarde, cuando calculó que ya estaba bien de lavatorio, Hércules procedió a la inversa: volvió a cerrar el canal que había excavado para que por él corriera el Alfeo y quitó de la garganta del Peneo los bloques de piedra que había tirado en ella. Al poco tiempo, los dos ríos volvieron a sus respectivos lechos.

Mientras regresaba al valle, vio que los rebaños bajaban en fila hacia los establos. Cuando ya avistaba los edificios, se encontró con el proprio rey Augias, que inspeccionaba aquellos lugares, sorprendido por la eficacia y rapidez con que Hércules había realizado su tarea: el sol poniente acababa de secar el suelo.

—¿Qué haces aquí? —refunfuñó Augias—. ¿Qué quieres?

—Mi sueldo: los trescientos bueyes que me prometiste.

El rey se volvió hacia sus criados y esclavos que, muy contentos y agradecidos, conducían el ganado a los establos limpios.

—¿Yo? —exclamó Augias fingiendo sorpresa.

Y luego, poniendo a todos los presentes por testigos, añadió:

—¡Pero si no te he visto nunca! ¡Insensato, has estado a punto de ahogarme los rebaños! ¿Y encima vienes a decirme que te pague?

—Solo pido lo que me debes —repuso Hércules—. Tu hijo Fileo lo puede confirmar.

—¡Muy bien! Que venga Fileo y acataré su decisión.

Cuando al joven le plantearon la cuestión, bajó la cabeza y dijo:

—Perdóname, padre, pero se ve que te falla la memoria: prometiste solemnemente a Hércules el diezmo de tu reino y de tus rebaños. Debes…

—¿Que yo debo? ¡Eres tú, insolente, el que me debes obediencia y respeto!

Furioso al verse en falta ante sus súbditos, Augias desenvainó la espada dispuesto a matar a su propio hijo. Pero, ofendido por su mala fe, Hércules sacó la espada y ensartó al rey. Fileo corrió hacia el cuerpo, que yacía sin vida.

—Perdóname —le dijo Hércules volviendo a guardar el arma—. Me he dejado arrastrar por la ira: no soporto que alguien falte a su palabra.

—¡Me he quedado sin padre, y Élide, sin rey!

—¡Ahora tendrá uno más digno! —repuso Hércules posando su mano en el hombro del joven. En adelante, tú gobernarás este reino, Fileo.

Hércules rechazó las tierras que le correspondían, pero Fileo insistió en que se llevara los trescientos bueyes. El héroe los aceptó para regalárselos a su primo, porque a él la riqueza y el poder no le interesaban. Lo único que quería era realizar todas aquellas pruebas a las que le había sometido el oráculo y cumplir los últimos trabajos que tenía que mandarle Euristeo.

Mientras Hércules empujaba por delante de él el ganado y se alejaba de los establos de Augias, el viento del Oeste rozó su cara. Se llenó los pulmones de una brisa yodada mezclada con el perfume de las flores silvestres y del heno recién cortado. «Si hay gente que ensucia la tierra —pensó con amargura—, ¡será preciso que los que vengan detrás se ocupen de limpiarla…».

XI

Por los hermosos ojos de una amazona...

El cinturón de Hipólita

Euristeo amaba tiernamente a su hija Admete, a la que le daba todos los caprichos. Un día, Admete fue a ver al rey y le dijo:

—Padre, he oído comentar que Hipólita, la reina de las amazonas, tiene un cinturón maravilloso.

—Así es —repuso Euristeo—. Parece ser que el poder de la reina radica precisamente en ese fabuloso cinturón de oro, regalo del dios Marte, del que son hijas todas las amazonas.

—¡Ay, padre, cuánto me gustaría tener ese cinturón!

Al oír aquellas palabras, el padre se encogió de hombros y le dijo:

—¡Pues olvídate de él! En primer lugar, las amazonas viven muy lejos de aquí, en Capadocia, a orillas del Ponto Euxino. Y además son unas guerreras famosas por su fiereza y crueldad.

La joven hizo un gesto de disgusto que a Euristeo le partió el corazón. De repente se le ocurrió una idea y dijo:

—Aguarda, Admete..., voy a hacer todo lo posible por darte gusto...

—¿Que le robe el cinturón a Hipólita?

Ante las puertas de Tirinto, con la mirada alzada hacia su primo, que le había dado semejante orden, Hércules respondió con un gesto de desagrado:

—Está bien... ¿De modo que estás dispuesto a declarar la guerra a las amazonas?

—¡No! —contestó inmediatamente el rey—. ¿Por qué dices eso?

—Tu verás: si consigo robar la joya de su reina y traértela, sus súbditas vendrán hasta aquí para recuperarla.

Entonces apareció Admete sobre la muralla de la ciudad.

—Primo Hércules, llévales algunos regalos y convence a Hipólita para que, a cambio, te dé el cinturón.

Hércules había oído hablar de la reina de las amazonas. Decían que era muy guapa. Por una vez, el trabajo no le desagradaba. Se fue muy pensativo para el puerto de Tirinto y allí encontró, a bordo de la galera armada, a Filos y sus compañeros. Cuando les reveló su nueva misión, las respuestas fueron unánimes.

—¡Nos vamos contigo a la Propóntide![1]

—¿Acaso no conseguimos traer de Tracia las yeguas de Diomedes?

—¡Desgraciadamente —exclamó Hércules—, el reino de las Amazonas está mucho más lejos que Lidia y Frigia! Y la misión es delicada: cuentan que hasta los bárbaros escitas tienen miedo

[1] Véase la nota 3 del capítulo IX.

de esas mujeres, que no viven más que del producto de la caza y de la rapiña.

—¿Que no vamos a ser capaces de enfrentarnos a unas mujeres? —dijo Filos soltando una carcajada—. ¡Ay, Hércules, menudo recurso empleas para disuadirnos de que te acompañemos!

Aquel nuevo trabajo tenía a Hércules muy preocupado, pues sabía que no era muy ducho en diplomacia. Y el cortejo tampoco era su especialidad. ¡Hasta entonces había recurrido principalmente al argumento de la fuerza!

A la mañana siguiente, cargada de regalos, la galera se hizo a la mar poniendo proa hacia el Nordeste. Llegó sin mayor percance a los Dardanelos y navegó durante varios días por las brumosas aguas de la Propóntide. Una mañana, las costas se aproximaron una a otra y la nave se adentró por el estrecho que más tarde se llamaría del Bósforo y que une el pequeño mar de Mármara y el mar Negro.

A medida que se alejaban del mundo conocido disminuía el aplomo de Filos, que continuamente recomendaba:

—¡Sobre todo, no perdamos de vista la costa!

Durante varias semanas la galera costeó[2] por aguas del Ponto Euxino. A veces atracaba en una pequeña cala y uno de los compañeros de Hércules iba a hablar con alguno de los escasos habitantes de aquellos salvajes lugares. Una mañana, Filos volvió al barco y anunció:

[2] Navegar sin perder de vista la costa.

—Tenemos que llegar a la desembocadura de un río, el Termodonte. Remontando su curso llegaremos al reino de las Amazonas. Su capital, Temiscira, está monte arriba.

Se ponía el sol cuando descubrieron el famoso estuario. La galera se adentró entonces por un río de escarpadas orillas, cubiertas de densos bosques.

—Más vale que nos detengamos y que pasemos aquí la noche —dijo Hércules señalando un arenal.

Al amanecer lo despertaron unos gritos y un lejano galopar. Sin despertar a sus compañeros, se metió por la espesura. Llegó a un claro en el que diez jinetes armados se apeaban de sus monturas. Uno de ellos llevaba en brazos a un recién nacido, al que estaba desnudando.

—¡Pero... si esos guerreros son mujeres!

Hércules se encontraba ante las famosas amazonas. Todas iban vestidas con un túnica sujeta con un broche en el hombro izquierdo, llevaban arco y aljaba[3], y algunas, una jabalina o un hacha. Un escudo en forma de media luna y un casco adornado con plumas completaban su indumentaria.

De repente, la criatura pegó un grito de dolor: la amazona le estaba retorciendo una pierna. A Hércules se le subió de golpe la sangre a la cabeza. Entró de un salto en el claro y gritó:

—¡Suelta a ese niño!

[3] Véase la nota 4 del capítulo III.

La mujer obedeció, estupefacta; un segundo después, las demás amazonas habían rodeado a Hércules, apuntándole con flechas y jabalinas. El héroe no se inmutó y cogió al niño en brazos. Luego, volviéndose a la que le había retorcido la pierna, le dijo muy indignado:

—¡Has estado a punto de romperle la pierna!

—Claro —respondió ella secamente—. Eso es lo que pretendía. Tullido, este niño puede llegar a ser un cocinero muy respetable.

Hércules hizo un gesto de disgusto :

—¿Quieres decir que estabas dispuesta a mutilarlo voluntariamente? ¿Se puede saber qué ha hecho para merecer semejante castigo? ¿Y quién es su madre?

—¡Yo! —replicó la amazona—. ¡No es más que un varón!

—Sí, los niños no merecen vivir —añadió otra de las guerreras—. ¡Nuestra compañera podía perfectamente haberlo matado!

—¿Acaso vienes de tan lejos, forastero, que desconoces nuestras costumbres?

—¡En nuestro país los hombres no tienen ningún valor!

Hércules alzó la cabeza. Por un momento pensó que lo iban a acribillar con aquellas armas que apuntaban hacia él. Pero las amazonas se habían calmado y algunas lo observaban con interés. Una de ellas soltó el arco y le acarició el pelo; otra, sin el menor recato, se acercó a palparle los bíceps como se examina y valora un caballo antes de comprarlo. Con seductora sonrisa, musitó:

—La verdad es que, de vez en cuando, admitimos la presencia de algún hombre...

—¡Solo una vez al año!

—¡Y si nos hace un hijo varón, nos deshacemos del niño!

—O le rompemos un brazo o una pierna, para que trabaje en nuestro campamento.

Hércules seguía sosteniendo al bebé, que sonreía y balbucía, volviendo la cabeza hacia su pecho como si quisiera mamar.

—¡Dale el pecho! —le dijo el héroe a la madre, tendiéndole la criatura.

Vio que la túnica de las amazonas no cubría su seno derecho, que era flaco y liso, reducido a un poco de carne ennegrecida.

—¡No abras esos ojos como platos! —le dijo una de las amazonas echándose a reír.

Has de saber que, de niñas, nos cortamos, quemamos o aplastamos el pecho derecho para poder disparar mejor... ¡Mira!

Rápida como un rayo, extrajo una flecha de la aljaba, tensó el arco y apuntó a Hércules en pleno pecho. Entonces se oyó muy cerca la voz de Filos, que retumbó imperativa en el claro del bosque:

—¡Como te muevas, ninguna de vosotras sale viva de aquí!

Allí estaban los compañeros de Hércules. Habían rodeado furtivamente a las amazonas y las tenían en el punto de mira.

—¡Calma! —exclamó el héroe—. ¡Hemos venido en son de paz! Deponed las armas y hablemos tranquilamente.

Entonces contó a las amazonas que venía de Grecia, que les traía regalos y que quería hablar con la reina Hipólita. Tranquilizadas con estas palabras, las guerreras accedieron a acompañar a Hércules y sus compañeros hasta la galera, en donde admiraron los tejidos, las armas y los numerosos regalos. Más tarde, se montaron en los caballos y la que parecía la jefa ordenó a los forasteros:

—Subid a bordo de la nave y remontad el curso del río. A eso de mediodía llegaréis a nuestra capital.

Espolearon los caballos y partieron al galope.

—¡Quién me iba a decir a mí que un día me vería obligado a obedecer las órdenes de una mujer! —refunfuñó Filos—. ¡Aquí, el mundo está al revés!

—Pues sí —intervino otro—, no va a quedar más remedio que amansarlas y seducirlas…

A pesar de sus bravuconadas, los amigos de Hércules estaban algo asustados. Como les habían indicado, su navío arribó a la ciudad de Temiscira. Su llegada había sido anunciada y, en la orilla, muchas mujeres armadas los observaban al pasar la nave, gritando y silbando, en tono ora burlón ora de admiración.

Los hombres se sentían cada vez más incómodos. Por fin desembarcaron en el puerto, donde los esperaba una delegación. Sin decir una palabra, la tropa de mujeres armadas los escoltó hasta palacio.

Entraron en una suntuosa sala, en el fondo de la cual se hallaba una mujer sentada en el trono, inmóvil como una estatua. Hércules, maravillado, pensó para sus adentros: «Tiene la perfección y la belleza de una estatua, pero también su dureza...». Entonces, haciendo una reverencia, se dirigió a ella con las siguientes palabras:

—Hipólita, me envía mi primo Euristeo, rey de Tirinto y de Micenas.

—Sí, ya lo sé. También sé quién eres, Hércules. ¡Levántate!

Al ponerse en pie, Hércules vio que Hipólita le sonreía; tenía los ojos de un verde profundo y suave. Ni un solo rasgo de la reina sugería severidad ni crueldad. Su expresión reflejaba benevolencia. El héroe se dio cuenta de que Hipólita llevaba el pecho enteramente cubierto. Se preguntó si habría sacrificado su seno derecho siguiendo la cruel costumbre de las amazonas; la reina se dio cuenta de su mirada y sonrió más abiertamente. Después le dijo:

—He tenido noticia de tus hazañas.

En la sala del trono se oyeron exclamaciones y gritos.

—¡Dejadnos! —ordenó la reina a su séquito, al tiempo que se levantaba.

Hipólita y Hércules se quedaron a solas. Desconcertado por esta inesperada intimidad, el héroe se volvió hacia los regalos colocados al pie del trono y, buscando las palabras adecuadas, acertó a farfullar:

—Ilustre reina, mi primo te envía unos presentes…

—Hércules, el mejor regalo que me has podido hacer ha sido venir hasta mí —dijo Hipólita.

Entonces la amazona se levantó y el héroe vio por fin el cinturón que sujetaba su túnica; aquella túnica era una obra de orfebrería, una espléndida cota de malla[4] de plata, y el cinturón era una auténtica joya, hecho con hilos de oro trenzados y cincelados[5]. Incapaz de mentir, Hércules confesó:

—Son regalos muy interesados, majestad. Euristeo te los envía solo porque a cambio quiere conseguir para su hija tu espléndido cinturón.

Hércules pensó que la reina se iba a enfadar y temió tener que enfrentarse a una ardua negociación. Pero no fue así. Aparentemente, a Hipólita no le sorprendió la propuesta. Echó un vistazo a su cinturón, se dispuso a soltárselo, se lo pensó mejor, le tendió la mano al héroe, que estaba frente a ella, y le dijo con un suspiro:

—Pues bien, Hércules, tuyo es. Pero tendrás que soltármelo tú mismo...

En el Olimpo, alguien contemplaba la escena con creciente irritación: era Juno, la mujer de Júpiter.

—Conque no solo Hércules consigue realizar su noveno trabajo sin dificultad, sino que una vez más cosechará gloria y honores. Esta vez, tengo que intervenir...

La diosa se apareció al instante en una de las salas del palacio de Hipólita. Había tomado la forma de una amazona y, nada más llegar, saltó en medio de las guerreras y exclamó:

[4] Arma defensiva del cuerpo de cuero y guarnecida de cabezas de clavo y anillos de hierro, o de mallas de hierro entrelazadas.

[5] Labrados, grabados con cincel.

—¡Pero bueno! ¿Habéis dejado a Hércules a solas con nuestra reina sin desconfiar? ¿Es que no sabéis por qué Hércules, el muy canalla, se ha expuesto a tantos peligros y ha realizado tan largo viaje?

Intrigadas y muy preocupadas, las amazonas agarraron los arcos, las jabalinas y las hachas y se congregaron ante la puerta de la sala del trono, aunque no se atrevieron a entrar.

—Sabed, imprudentes, que se dispone a robarle su magnífico cinturón. ¡Sí, Hércules se propone seducir y raptar a Hipólita!

—¡No es cierto! —intervino Filos—. Su única intención es trocar el cinturón por otros bienes.

Al ver el giro que tomaba la situación, los hombres habían desenvainado las espadas y se habían agrupado a la defensiva.

—¡No tenéis más que mirar con vuestros propios ojos, y veréis si he mentido! —dijo Juno con una risita.

Entonces abrió de golpe la puerta de la sala del trono. Las amazonas se hallaron ante una edificante escena: con una mano, Hércules sostenía el cinturón de oro que acababa de desabrocharle a Hipólita; con la otra, abrazaba a la reina, que aparentemente había sucumbido ante los encantos de su invitado.

—¡Traición! —gritó una de las amazonas, que se abalanzó blandiendo la jabalina.

Sorprendido, Hércules se dio la vuelta y vio un ejército de iracundas mujeres que corrían hacia él.

—¡Eso digo yo, traición! —le reprochó a Hipólita sin soltarla—. Conque tu seducción no era más que una trampa. ¿Querías tenerme indefenso para acabar más fácilmente conmigo?

Las amazonas creyeron que Hércules pretendía retener a su reina como rehén y le arrojaron las jabalinas. Presta como un rayo, Hipólita hizo un movimiento y las armas fueron a clavarse en su espalda, pues para salvarle la vida se había colocado delante del héroe, que la estrechaba en sus brazos.

—¡Hércules! —murmuró antes de desplomarse.

Su mirada se enturbió. Le señaló el cinturón que él aún tenía en la mano y le dijo:

—¡Es tuyo, llévatelo! Y de cuando en cuando... piensa en mí.

Hércules reprimió un sollozo en el que se mezclaban la rabia y el dolor: Hipólita acababa de expirar sin dejar de sonreírle. En medio del creciente caos que reinaba en la sala, los gritos lo devolvieron a la realidad.

—Nuestra reina..., nuestra reina ha muerto.

La noticia se extendió fuera de la sala del trono.

—¡Hay que recuperar la joya! ¡Hay que vengar a nuestra reina!

Las amazonas blandieron las hachas. Los hombres retrocedieron y tuvieron que abrirse paso a espadazos para salir de palacio. Juno, que todavía seguía allí, no dejaba de arengar a la masa. Cuando le pareció que la confusión era total, regresó, muy satisfecha, al Olimpo.

Hércules y sus amigos peleaban como leones. A duras penas consiguieron llegar al puerto de Temiscira y embarcarse. Antes de alcanzar el estuario del Termodonte, tuvieron que librar nu-

merosas batallas y enfrentarse a grupos de amazonas enfurecidas.

Cuando ya estaban en alta mar, Hércules, estupefacto y desconsolado, se quedó pensando cómo era posible que se hubiera generado un enfrentamiento tan brutal...

Al cabo de varias semanas, Hércules avistó los puertos de Tirinto. Blandió el cinturón de Hipólita y gritó:

—¡Admete! ¡Euristeo! Os traigo lo que me pedisteis.

El cinturón era espléndido, pero la hija del rey se sintió decepcionada, pues la joya había perdido sus poderes. Sin embargo, como era una coqueta, nunca se presentaba ante Hércules sin llevarla puesta alrededor de su túnica. Cada vez le preguntaba:

—¿Dime, Hércules, cómo me encuentras hoy?

—Hermosa —contestaba el héroe.

Pero en realidad no veía a su prima. Clavaba los ojos en el cinturón de Hipólita, y a su memoria volvía a asomarse entonces la mirada de la reina de las amazonas; unos ojos tiernos, de un verde profundo, que no podía olvidar.

XII

Mil bueyes para una diosa

Los bueyes de Geriones

En los confines de Occidente, donde cada noche Helios, dios del Sol, hunde su platillo de oro en el océano, vivía Geriones, un gigante monstruoso.

Geriones tenía tres cuerpos. Se decía que era el ser más fuerte del mundo. Vivía solo, rodeado de mil bueyes rojos; y para guardar tan numeroso rebaño, contaba con la ayuda de dos animales tan deformes y aterradores como él: Ortro, un perro con dos cabezas, y Euritión, un dragón con nada menos que siete cabezas.

Geriones era una criatura espantosa y solitaria. Nadie se había atrevido jamás a meterse con él... Solamente a Euristeo se le podía haber ocurrido una idea tan peregrina, aunque, sin duda, la esposa de Júpiter debió de tener algo que ver en ello...

Una mañana le dijo a Hércules:

—Esta noche se me ha aparecido en sueños la diosa Juno y me ha pedido que le ofrezca en sacrificio los famosos bueyes rubios de Geriones. ¡Hércules, consíguemelos!

Esta vez, el héroe no quiso recurrir a sus amigos, y les dijo:

—¿No vale la pena que me acompañéis? Para transportar tan enorme rebaño, harían falta decenas de naves.

A la mañana siguiente, zarpó solo a bordo de un pequeño bote de pesca; puso rumbo al lugar donde se pone el sol. El viaje duró varias semanas; tras llegar a Sicilia, Hércules fue costeando Libia, región donde vivían los temibles númidas.

Al navegar hacia el Oeste, por la tarde el sol siempre cegaba a Hércules, lo que le resultaba muy molesto. Una tarde, su ira estalló. Tensó el arco con todas sus fuerzas y disparó varias flechas hacia el disco de fuego. La respuesta no se hizo esperar: el resplandor del sol fue tan intenso que Hércules tuvo que cerrar los ojos y agachar la cabeza. Una voz procedente del cielo bramó:

—¿Quién se atreve a responder a mis rayos de fuego con dardos casi igual de potentes?

—Fui yo, Hércules. ¡Ay, Helios, no quise herirte! Es que mi tarea es tan difícil…

Deslumbrado, el héroe le explicó al dios del Sol la misión que le habían encomendado. Helios soltó una carcajada atronadora:

—Pues a fin de cuentas hiciste bien en desafiarme. Me gusta la gente intrépida y he decidido ayudarte. Te prestaré mi disco de luz. Con él irás más deprisa. ¡Mira!

Hércules abrió los ojos. Ante él, un enorme platillo resplandeciente y dorado flotaba sobre las aguas.

—¡No temas! ¡Sube a bordo, Hércules!

El héroe abandonó su barca y se subió al platillo de Helios. Este inmediatamente se elevó por el cielo y prosiguió su trayectoria hacia el Oeste. Hércules, muy agradecido, admiraba el paisaje y pensaba en lo útil que resultaba tener a semejante dios por aliado.

Cada noche, cuando el disco llegaba al horizonte, Hércules se bajaba de tan extraño vehículo, que volvía a encontrar junto a él a la mañana siguiente.

Un día, avistó en la distancia unas cimas nevadas.

—Nos acercamos al dominio de Atlas, el gigante que sostiene el cielo. ¡Ay, si tuviera la misma fuerza que él, no me costaría vencer a Geriones!

La inactividad estaba empezando a hacer mella en él. Pronto tendría que enfrentarse a varios monstruos. Había llegado el momento de hacer un poco de ejercicio.

Aquella misma noche, el platillo de Helios lo dejó en una playa. El agua fluía hacia un amplio embudo[1] antes de desembocar en un vasto y desconocido océano[2]. Hércules se quedó pensando y luego tomó la siguiente decisión:

—Erigiré a ambos lados de este estrecho dos monumentos que llevarán mi sello.

Primero llevó rodando hasta el acantilado unos enormes bloques de piedra, que cortó y apiló para construir una inmensa torre. Luego atravesó el canal, para levantar otra torre del otro lado.

[1] Se refiere al estrecho de Gibraltar.
[2] Se refiere al Atlántico.

Durante mucho tiempo, estas torres serían el símbolo de los confines del mundo mediterráneo. Y llevarían el nombre de *columnas de Hércules.*

Satisfecho, el héroe prosiguió camino a pie por la península ibérica. Se cruzó con un pastor que parecía muy asustado y que le dijo:

—¡Forastero, vuelve por donde has venido! El camino que traes conduce a la isla de Eritia, dominada por Geriones. Esta mañana, Ortro, su espantoso perro de dos cabezas, devoró todos los corderos de mi rebaño.

Haciendo caso omiso del consejo, Hércules siguió andando. No tardó en llegar ante dos macizos, que otra vez lo separaban del océano; sus paredes estaban tan próximas que al héroe le costó mucho trabajo pasar entre ellas. Haciendo fuerza con todo su cuerpo, separó con los brazos las laderas de ambas montañas de la misma manera que se abre una puerta de doble hoja. Al otro lado, lo recibió un coro de terribles ladridos. Un dogo[3] con dos cabezas se abalanzó sobre él, abriendo sus fauces babeantes armadas de poderosos dientes. Hércules golpeó la primera cabeza con la maza y, mientras la segunda le mordía con furia la piel de león, que llevaba a modo de túnica, traspasó el cuello del animal con la espada.

El monstruoso perro cayó en el suelo sin vida. Entonces, varias voces cavernosas se alzaron a un tiempo:

[3] Perro de cuerpo y cuello gruesos y cortos, pecho ancho, cabeza redonda, hocico achatado, labios gordos, orejas pequeñas con la punta doblada, patas muy robustas, y pelaje corto y recto; es un animal pesado, de fuerza y valor extraordinarios.

—¡Conque has matado a Ortro, mi guardián, hijo de Equidna y del gigante Tifón!

Al ver a Geriones, Hércules estuvo a punto de retroceder: el gigante, cuyo tamaño era el doble del de Hércules, estaba de pie sobre una isla próxima[4]. Resultaba particularmente espantoso, con sus tres troncos y sus tres cabezas. Agitaba sus seis brazos como si fueran tentáculos. Hércules trató de negociar:

—Geriones, mi primo me ha pedido que viniera a apoderarme de tus bueyes. Pero no sabe cuántos tienes. Si me dieras unos cuantos...

Recibió tres estrepitosas carcajadas por respuesta, y luego tres voces distintas se superpusieron y murmuraron palabras que le resultaron difíciles de separar:

—¡Lo que te voy a dar es una buena lección!

—¡Pues cuánto me alegro de tener visita!

—¡Hacía mucho tiempo que no tenía un adversario con el que enfrentarme!

Hércules comprendió que, a pesar de sus tres cabezas, Geriones tenía la inteligencia de un mosquito. ¿Para qué iba a discutir con semejante bestia?

Las bocas del gigante se abrieron para gritar a un tiempo:

—¡Euritión, ayúdame!

Hércules se volvió. En las laderas de los montes circundantes vio varios cientos de bueyes rubios y, en medio del apacible rebaño, apareció una especie de dragón: era un reptil que escupía

[4] Se refiere a la la isla de León, frente a la que más tarde se levantará la ciudad de Cádiz.

fuego por sus siete bocas, que a Hércules le recordaron la hidra de Lerna. El monstruo se acercó arrastrándose.

—¡Geriones, ordena a tu boyero que retroceda!

—Adelante, Euritión, líbrame de este inoportuno.

El monstruo partió al galope en dirección a Hércules; este sacó siete flechas envenenadas de su aljaba[5] y disparó, haciendo blanco con seis de ellas. Y, en el momento en que la última cabeza, que se había librado del dardo, se disponía a devorarlo, el héroe la pulverizó de un mazazo.

Geriones, que seguía apostado en su isla, no se lo podía creer. Dando un triple alarido de rabia, saltó hasta la orilla. Hércules no tuvo tiempo de volver a coger el arco, pues Geriones ya había caído sobre él, lo levantaba del suelo y lo atenazaba con sus treinta enérgicos dedos.

El combate cuerpo a cuerpo fue aterrador...

El sol comenzó a declinar y los adversarios aún seguían luchando. Entonces Hércules tuvo una idea: iba a tratar de cegar a Geriones. Lo fue arrastrando en un forcejeo, consiguió llegar hasta el arco, que estaba tirado en el suelo y, contorsionándose, pudo librarse de las múltiples manos de Geriones.

—¿Dónde estás? —gritaba este—. ¡Grrr... no veo nada!

Cegado por el sol poniente, el monstruo avanzaba a tientas. Hércules aprovechó la tregua para recoger el arco, colocar tres flechas y lanzarlas de

[5] Véase la nota 4 del capítulo III.

un mismo disparo. Los dardos se clavaron certeramente en los tres corazones del gigante.

Geriones se desplomó en medio de una nube de polvo y de un ruido ensordecedor. El vencedor del gigante se levantó jadeante. A su alrededor, los bueyes lo observaban con la plácida expresión propia de los rumiantes. Hércules se dirigió a ellos y les dijo:

—Bueno, pues ya está hecha la mitad del trabajo. Ahora ya no me queda más que llevaros hasta vuestro nuevo amo... Pero me temo que no va a ser cosa de un día ni de dos.

Sin embargo, al amanecer, Hércules tuvo una sorpresa: allí estaba el resplandeciente platillo de Helios. La voz benévola del dios solar resonó en el cielo:

—Hércules, embarca los bueyes. Tu regreso será más rápido de lo que pensabas. Pero cada noche habrás de bajarte para que yo pueda realizar mi recorrido. Aprovecha entonces para que tus animales pasten.

Hércules obedeció y el platillo se elevó rumbo a los Pirineos...

Una mañana, después de haberse detenido en Liguria, a orillas de un gran río[6], Hércules se despertó sobresaltado al oír los mugidos aterrados de su rebaño, que un ejército de indígenas estaba dispersando para llevárselo hacia las llanuras vecinas. El héroe se levantó de un salto, cogió su arco y bramó:

[6] Liguria corresponde a la actual Provenza francesa. Con «gran río» se refiere al Ródano.

—Esos bueyes están a mi cargo. ¡Devolvédmelos!

Los ladrones hicieron como si no lo oyeran. Uno de ellos incluso le dijo en son de burla:

—Tantos animales para un solo guardián...

Un segundo después, el hombre caía atravesado por una flecha.

—Devolvedme los bueyes o todos correréis la misma suerte.

Los ladrones contestaron con una salva de dardos. Hércules hizo lo propio y cada uno de sus disparos dio en la diana. Pero los ladrones eran tan numerosos que no tardó en agotar sus municiones. Aislado sobre aquella árida llanura, se había convertido en un blanco perfecto. Pensó que estaba perdido y alzó los ojos al cielo.

—Oh, gran Júpiter, ¿acaso vas a abandonarme ahora?

La contestación fue inmediata: se puso a llover, pero en lugar de caer agua caían... ¡piedras! Los ladrones murieron lapidados y quedaron sepultados bajo las piedras llovidas del cielo.[7]

Hércules pudo recuperar sus bueyes y seguir viaje hacia Grecia. Tras cruzar los Alpes, decidió detenerse para pasar la noche. Los bueyes pacían tranquilamente en la orilla izquierda de un río, en el lugar en el que, más tarde, se levantaría la ciudad de Roma.

A la mañana siguiente, reunió y contó a los animales. Faltaban ocho y, casualmente, eran los más hermosos: ¡cuatro toros y cuatro vacas!

[7] Este es el origen legendario de la llanura francesa de Crau, cerca de Marsella.

Debido a la humedad del río que por allí corría, el suelo estaba blando y Hércules pudo encontrar varias huellas de pezuñas, que conducían a un espeso bosque e iban a dar a una cueva, cuya entrada estaba cerrada con una enorme roca[8] y de la que salía un denso humo.

—No entiendo: los animales no han entrado en la cueva, sino que han salido de ella, puesto que las huellas van el dirección al rebaño...

Era realmente un misterio. Además, solo la mano de un gigante habría podido tapar de esa manera la entrada de la gruta.

Una joven salió del bosque. Sonrió a Hércules y miró a su alrededor preocupada, como si temiera alguna presencia.

—¿Quién eres? —susurró Hércules—. ¿Quieres hacer el favor de explicarme...?

Ella le colocó el índice sobre los labios para imponerle silencio. Luego imitó los movimientos de una persona que tira del rabo de un animal. Hércules exclamó inmediatamente:

—¡Claro! ¿Cómo no se me había ocurrido? Para despistarme, el ladrón se ha llevado mis bueyes marcha atrás hasta su guarida.

Encantada por haber podido ayudar al héroe, la joven desapareció en el bosque tan misteriosamente como había aparecido. En aquel instante, se oyeron unos mugidos lastimosos procedentes del interior de la cueva. Furioso, Hércules se abalanzó sobre la roca que cerraba su entrada, pero

[8] Hércules se encuentra precisamente en el antiguo Forum Boarum, la Via dei Cerci de la Roma moderna. En el emplazamiento de la cueva de Caco se encuentra hoy la iglesia de Santa Sabina.

esta parecía clavada en el suelo. Por tres veces, intentó moverla, pero fue inútil. Entonces, Hércules vio que en la montaña que se alzaba por encima de él había un enorme bloque de lava incandescente, y, sin arredrarse por el dolor de las quemaduras, lo hizo rodar hasta la cueva, arrojándolo sobre la roca, que quedó pulverizada. Un enorme agujero se abrió por encima de la gruta, de la que empezaron a salir grandes llamas.

Pero todo aquello no era suficiente para atemorizar a Hércules: empuñó la maza y se coló por la apertura, que ahora estaba iluminada por la luz del día. Se encontró ante un ser tan espantoso como Geriones: un hombre con tres cabezas que escupía fuego. Aquel monstruo estaba rodeado de feroces hogueras y Hércules pensó que seguramente estaría en el infierno. Cerca de allí vio que se hallaban sus ocho animales, encadenados.

—¿Qué has venido a hacer a mi antro[9]? —rugió el amo del lugar.

—He venido a recuperar mis bueyes —contestó Hércules avanzando hacia él.

—¡Insensato! ¿Acaso no sabes quién soy?

El humo que llenaba el aire olía a azufre. Y Hércules, que la víspera se había encontrado con varios pastores, comprendió con quién estaba hablando:

—¡Claro! Eres Caco, el hijo de Vulcano.

El monstruo levantó sus tres cabezas, parpadeó y dio un alarido en el que la rabia se mezclaba con el dolor.

[9] Véase la nota 5, capítulo III.

—¡Pero bueno! ¡Te has atrevido a hacer un agujero en mi cueva! ¡Oh! El día..., el sol... ¡Ay de mí! Estoy perdido.

Caco avanzó hacia Hércules tambaleándose. El héroe acabó de un mazazo con aquel dios ladrón que llevaba tanto tiempo sembrando el terror entre los rebaños de los pastores del Aventino. Tras recuperar sus bueyes, prosiguió viaje hacia Grecia.

Desde el Olimpo, Juno había seguido las andanzas del hijo de su marido. Furiosa por la ayuda que Helios y Júpiter le habían prestado, esperó a que Hércules llegara a su destino para intervenir.

—Este héroe no teme ni a monstruos ni a gigantes —musitó —. Veremos cómo se las arregla frente a un insecto...

Cuando Hércules hizo bajar a los animales del platillo de Helios, vio a lo lejos los muros de la ciudad de Tirinto; acababa de realizar uno de sus más largos trabajos y estaba deseando llegar.

Se disponía a ordenar los mil bueyes en una larga hilera, para que entraran en fila en la ciudad, cuando uno de los animales empezó a correr sin dejar de mugir. Otro soltó un gemido, se encabritó y sembró la confusión en el rebaño; al cabo de un momento, todos los bueyes corrían desordenadamente, huían galopando hacia los bosques vecinos. Pillado por sorpresa, Hércules los perseguía, alcanzaba un toro aquí, una vaca allá, y trataba de comprender el motivo de tan súbita estampida.

—Calma, calma.¿Qué mosca os ha picado?

Y no se imaginaba lo pertinente que era su pregunta. Sintió un pinchazo en el hombro que lo hizo sobresaltarse:

—¡Un tábano, un simple tábano! —murmuró estupefacto.

Al anochecer, renunció a recuperar los animales que había perdido: jamás conseguiría volver a reunir todo el rebaño. Desanimado y agotado, se lamentó:

—¡Esto es absurdo! Haber recorrido todo este camino y perder en el último momento más de la mitad de los bueyes de Geriones…

Las vacas que se habían escapado se hicieron salvajes y, más adelante, dieron origen a una raza de bóvidos rubios que todavía existe hoy.

En cuanto a Euristeo, a la mañana siguiente se quedó muy sorprendido al encontrar a las puertas de la ciudad a su primo encabezando una hilera de varios cientos de bueyes. Ni siquiera se le ocurrió contarlos. En cualquier caso, los iba a sacrificar en el altar de Juno. A pesar del odio que le tenía a su primo, Euristeo no pudo evitar sentir cierta admiración ante aquella hazaña.

—¡Conque has recorrido todo esa distancia con estos animales!

—Bueno —confesó Hércules—, el Sol me ha ayudado mucho.

—¿Eh? —dijo Euristeo sin entender aquellas palabras—. ¿Qué quieres decir?

En aquel momento, una nubecilla veló el disco solar. Hércules pensó que Helios le acababa de enviar una señal, una especie de guiño.

XIII

Manzanas para Hércules

LAS MANZANAS DE ORO DEL JARDÍN DE LAS HESPÉRIDES[1]

A Hércules no le quedaban más que dos trabajos por realizar. Euristeo, que todavía conservaba la esperanza de poder deshacerse de su primo, creyó que por fin había dado con la solución para encargarle una misión totalmente irrealizable. Un día le dijo:

—Quiero que te vayas volando a traerme las manzanas de oro del jardín de las Hespérides.

Hércules protestó:

—Sabes que eso es imposible. Nadie conoce el emplazamiento de ese jardín. Además, sus manzanas son frutas sagradas que la diosa Gea regaló a Juno con motivo de su matrimonio con Júpiter.

—Vanos pretextos, Hércules. ¿Acaso olvidas que has de obedecerme y cumplir mis deseos? Así que márchate, y cuanto antes mejor.

Hércules consiguió dominar su ira y se alejó de Tirinto sin saber qué rumbo tomar. El jardín de las Hespérides... Por lo que se rumoreaba,

[1] *Hespérides* significa «hijas de Héspero» (véase la nota 6). Estas ninfas (véase la nota 4) custodiaban un maravilloso *jardín*, consagrado a la diosa Hera, que había plantado allí las manzanas de oro que recibió de la Tierra como regalo de boda.

era un lugar extraordinario, encantador, en el que corrían aguas con poderes fabulosos y crecían los árboles más extraños. ¿Cómo descubrir semejante paraíso?

Estaba anocheciendo y Hércules detuvo su mirada en los astros que brillaban por poniente. De repente exclamó:

—¡Claro! Las Hespérides son hijas de la estrella vespertina[2]... Por lo tanto, una vez más he de ir hacia Occidente.

Caminó durante toda la noche y todo el día siguiente. Tras más de un mes de viaje, se detuvo a orillas del río Eridán[3] y allí, agotado de cansancio, se quedó dormido. Al amanecer, lo despertó una alegre algarabía. Y vio que, en medio del río, varias ninfas[4] jugueteaban ruidosamente montadas a lomos de unos delfines. Una de las jóvenes, que lo había visto, le preguntó de lejos:

—¿Quién eres, apuesto forastero? ¿Y qué haces aquí?

Hércules les explicó el objeto de su búsqueda y a las ninfas, al parecer, les conmovió su desamparo. Entonces, le propusieron:

—¿Por qué no se lo preguntas a nuestro padre? Si te das maña, seguro que te dirá dónde se encuentra ese jardín.

—¿Vuestro padre?

—Sí, el dios Nereo. Lo encontrarás cerca de aquí, dormido a la sombra de una roca.

[2] Astro que transpone el horizonte después de ponerse el Sol.
[3] Seguramente se referirá al Po, el gran río del norte de Italia.
[4] Divinidad femenina que vivía en las fuentes, los bosques, los montes y los ríos.

Con el talón, las ninfas espolearon sus monturas, se hundieron en el agua y desaparecieron en medio de alegres carcajadas.

—¡Nereo! —exclamó Hércules, que no podía creérselo—. O sea que esas hermosas ninfas son las Nereidas.

El héroe no tardó en encontrar al dios, que dormitaba cerca de la orilla. Era muy anciano y tenía muchas arrugas, y se decía que ya había nacido así. Cuando Hércules se dirigió a él y empezó a hacerle preguntas con mucho respeto, Nereo abrió un ojo y gruñó:

—Pero ¿cómo te atreves a interrumpir el sueño del que sabe hablar a los peces y manda sobre las olas? Además, eres muy indiscreto.

—Discúlpame, excelso dios, pero vengo de muy lejos y solo tú puedes decirme dónde se esconde el famoso jardín.

Nereo no estaba dispuesto a cooperar; al instante, se transformó en un león y se abalanzó sobre Hércules. Este aceptó el combate y no tardó en dominar a la fiera. El héroe acababa de atar las patas del animal cuando este se convirtió en serpiente. Hércules había hecho frente a cosas peores, así que agarró el reptil por el cuello sin apretar y le dijo:

—Nereo, no me das miedo…

Pero entonces, Hércules soltó un grito de dolor: la serpiente se había convertido en llamas ardientes, que fueron apagadas inmediatamente por el héroe con su túnica de piel de león. Vencido, el dios Nereo recobró su apariencia humana y exclamó riéndose:

—¡Hércules, no cabe duda de que eres obstinado! Y te diré que no es cosa que me disguste, al contrario. Has de saber que el jardín de las Hespérides se encuentra cerca de las islas afortunadas[5], no lejos del famoso monte Atlas.

—¿El Atlas? ¿El dominio del gigante que sostiene la bóveda celeste?

—¡Efectivamente! Entérate, Hércules, de que Egle, Eritia y Aretusa, las tres Hespérides, son hijas nacidas antaño de la unión de Atlas con Héspero[6].

—Ay, Nereo, ¿cómo podré agradecértelo?

—Siguiendo tu camino y dejándome acabar la siesta —le contestó el viejo dios gruñón, que se quedó inmediatamente dormido.

A partir de entonces, Hércules pudo proseguir viaje más seguro de su rumbo; los días siguientes los dedicó a atravesar el Cáucaso. Una noche, según caminaba a lo largo de la cumbre más alta, se detuvo al ver un espectáculo aterrador: en la ladera de la montaña, un hombre estaba atado con cadenas a una roca y un buitre le devoraba las entrañas.

—¡Pero… si es Prometeo! —exclamó, estupefacto.

Antaño, Prometeo había desafiado a los dioses robándoles el fuego para dárselo a los hombres. Entonces Júpiter lo condenó a estar encade-

[5] En la actualidad, las islas Canarias.

[6] *Héspero* (la estrella vespertina) se casó con su tío *Atlas* (gigante que sostiene la bóveda celeste) y tuvieron varias hijas (tres o siete, según los autores), llamadas Atlántidas o Hespérides.

nado para siempre a la montaña y a que un buitre le devorara el hígado. Pero el hígado de Prometeo volvía a formarse incesantemente, por lo que su suplicio no tenía fin.

Apiadado por los gritos de dolor de Prometeo, Hércules agarró su arco y atravesó con una flecha al buitre. Luego se acercó al infeliz para liberarlo de sus cadenas.

Juno, que desde el Olimpo no se había perdido detalle del espectáculo, dijo en tono sarcástico a su marido:

—¡Pero bueno, Júpiter, tu propio hijo te desafía y tú se lo permites! Sin embargo, habías jurado que jamás permitirías que Prometeo se separara de aquella roca.

—¡No te preocupes, cumpliré mi promesa!

Júpiter se sentía conmovido por la piedad de la que Hércules había hecho gala. Entonces decidió recurrir a un ardid[7]; llamó a Vulcano, dios del fuego, y le dijo:

—Toma uno de los eslabones de la cadena con la que estaba atado Prometeo y fúndelo en una sortija, que tendrá que llevar puesta y en la que incrustarás una piedra de la montaña. Con eso no habré incumplido mi promesa, puesto que el culpable seguirá unido a su roca.

Por otro lado, Prometeo dio las gracias a su salvador, y cuando se enteró del objeto de la misión de Hércules, le susurró al oído.

—Ten cuidado. ¡Ni se te ocurra coger las manzanas tú mismo!

[7] Artificio empleado para el logro de algún intento.

—¿Y eso por qué? —le preguntó el héroe.

—Porque un dragón de cien cabezas llamado Ladón custodia la entrada al jardín.

—¿Un dragón? Pues ya verá lo que es bueno.

—No, Hércules. Sé lo valiente que eres y las hazañas que has realizado. Pero hazme caso: es mejor que pidas a Atlas, mi hermano, que vaya a coger las manzanas por ti.

Hércules no se olvidó del valioso consejo de Prometeo. Prosiguió su largo viaje… Fue por el mismo camino que el año anterior lo había conducido hasta la guarida de Geriones. Atravesó Iberia y, al llegar ante el estrecho cuyas dos columnas llevaban su nombre, pensó que tendría que construirse una embarcación. Una vez más, Helios lo ayudó surgiendo en la orilla con su deslumbrante disco:

—Hércules, quiero recompensarte por tu tesón. Súbete a mi platillo, que yo te dejaré en las costas de Libia[8].

En cuanto Hércules puso el pie en este nuevo continente, chocó con una especie de montículo macabro: una inmensa pirámide de cráneos apilados. Alguien le dijo con voz atronadora:

—¡Vaya! Otro imprudente cuya cabeza se va a sumar a las de mi colección.

Hércules identificó al coloso que tenía enfrente:

—Sé quién eres: Anteo, el pirata que mata a los náufragos.

[8] Así es como se llamaba entonces al norte de África.

—Sí. Soy hijo de Gea y Neptuno, al que está consagrada esta construcción.

El gigante se abalanzó sobre el visitante y lo tumbó de un bofetón; las armas de Hércules salieron disparadas y cayeron a bastante distancia de él. El héroe se levantó abriendo los brazos, dispuesto a enfrentarse a su enemigo. Este se echó a reír:

—Joven presuntuoso, ¿te crees que me vas a poder vencer solo con las manos?

Se abalanzaron el uno sobre el otro, y al poco Anteo tuvo que admitir que había encontrado un adversario a su medida. Tras una lucha interminable, el gigante vaciló y se derrumbó, cayéndose de espaldas. En el momento en que Hércules pensó que lo había vencido definitivamente, Anteo se puso de repente en pie, como si lo animara una fuerza misteriosamente multiplicada. Nuevamente volvieron a enfrentarse. Anteo se agotó en seguida y Hércules lo dominó por segunda vez. Pero, en cuanto el coloso tocaba la tierra, milagrosamente recobraba nueva fuerza. La tercera vez que sucedió esto, Hércules comprendió:

—¡Es tu madre, Gea, la que te devuelve la energía!

Furioso por haber caído en la trampa, el héroe agarró a Anteo por la cintura. Al igual que había hecho con el león de Nemea, lo levantó apretándolo contra su cuerpo para ahogarlo. El gigante se debatió unos momentos pero, al verse privado del contacto con la tierra, se debilitó y al cabo su cabeza cayó sobre su pecho.

—¡Así pereció el gigante Anteo! —exclamó Hércules.

El combate había sido tan duro que él mismo se desplomó, agotado.

Cuando recobró el conocimiento, tuvo la impresión de que unos animales caminaban por su pecho. Se incorporó y sofocó un grito de sorpresa: una multitud de diminutos seres humanos estaban atándole de pies y manos. Iban vestidos y armados como guerreros.

—¡Pero bueno! Debo de estar soñando. ¿Qué bichejos serán estos?

—¿Nosotros, bichejos? —replicó el que parecía el jefe—. Has de saber que somos el pueblo de los pigmeos. Has entrado en nuestro territorio y eres nuestro prisionero.

Hércules ya había oído hablar de los pigmeos, llamados así porque medían un «pigmo»[9]; se decía que se pasaban la vida guerreando con las aves de las lagunas y las grullas, que eran exactamente de su mismo tamaño. Sin embargo, los pigmeos acababan de hacerse con una presa muy distinta.

—Con permiso —dijo el héroe levantándose de golpe—. Más bien seré yo el que capture a algunos de vosotros: seguro que a mi primo le encantará que le lleve unos juguetitos animados tan graciosos.

Cuando Hércules se levantó, los pigmeos, asustados, huyeron en desbandada. Sin embargo, no lo hicieron lo bastante aprisa y el héroe tuvo

[9] Antigua medida griega, equivalente a 0,347 m. Por supuesto, los pigmeos de la mitología son imaginarios y no tienen nada que ver con los habitantes de África central que se conocen con el mismo nombre.

tiempo de pescar a unos cuantos entre los dedos; los metió con mucho cuidado en la piel del león de Nemea, que había transformado en morral.

Luego se volvió a poner en marcha.

Caminaba ya en dirección a las cimas nevadas del monte Atlas. Una mañana, mientras trepaba por las últimas pendientes del macizo, se detuvo, maravillado por el esplendor del espectáculo que se extendía ante sus ojos: allí, colocado sobre el pico de la montaña, se hallaba un gigante aún más impresionante que todos los que había conocido anteriormente. Tenía las piernas separadas y sus brazos, levantados por encima de su cabeza, sostenían la inmensa bóveda celeste. A Hércules se le hizo un nudo en la garganta de la emoción.

—¡Hola, gigante Atlas! —gritó.

—Hombre, una visita —contestó el coloso limitándose a bajar la mirada. ¿Qué quieres? ¿Vienes a ayudarme a sostener el cielo? Es una labor ingrata. Y la verdad es que hace tanto tiempo que sujeto esta bóveda que estoy empezando a cansarme.

El viajero explicó quién era y de dónde venía. Atlas dijo muy sorprendido:

—Conque has liberado a mi hermano Prometeo de su maldición. ¿Cómo podré agradecértelo, Hércules?

—Permitiéndome que me lleve las manzanas del jardín de tus hijas.

El gigante, aparentemente, no se oponía a ello. Pero, sobre todo, parecía encantado de poder prolongar la conversación.

—¿El jardín de las Hespérides? Está muy cerca de aquí. Te enseñaré el camino. Acércate, échame una mano con el cielo para que al menos me quede un brazo libre.

Hércules reflexionaba sin bajar la guardia.

—A la entrada del jardín —prosiguió el gigante —verás a Ladón, su fiel guardián. Pídele que te abra la puerta y que te lleve hasta el árbol.

—Escucha —le dijo Hércules —te propongo sustituirte mientras tú vas a buscarme las manzanas de oro.

—¿De veras? —intervino Atlas, que no podía creérselo—. ¿Estarías dispuesto a hacer semejante cosa?

—Lo intentaré. Pero date prisa, Atlas, pues no soy tan fuerte como tú.

Hércules se acercó al gigante, se afianzó sobre los pies, respiró profundamente y alzó los brazos, dispuesto a acometer el esfuerzo.

—¡Aaay, qué gusto! —exclamó Atlas apartándose.

El gigante dejó su puesto, se estiró, bostezó ruidosamente, dobló la espalda e hizo dos o tres estiramientos. Luego se volvió hacia Hércules y meneó la cabeza riéndose.

—La verdad es que no te las arreglas tan mal.

—Atlas, te lo ruego, no pierdas tiempo.

El gigante se alejó la mar de contento y dando saltitos. Y el tiempo empezó a pasar muy, muy despacio. Hércules se impacientaba. Tenía la sensación de que el cielo era cada vez más y más pesado y temía no poder resistir. Se estaba preguntando si Atlas no lo habría abandonado cuando lo vio aparecer en un alto. El gigante llevaba una cesta en la mano. Dentro brillaban unas extrañas frutas, de un amarillo deslumbrante.

—¡Te lo agradezco infinitamente, Atlas! —exclamó Hércules.

—Escucha —le contestó el gigante—, he estado pensando en todos los peligros a los que te tendrás que enfrentar durante tu regreso. Así que he decidido ir yo mismo a llevarle las manzanas a Euristeo.

—¿Qué dices? Estás de broma, ¿no?

—En absoluto. El viaje me distraerá. Además —añadió señalando el cielo por encima de Hércules —veo que reúnes las condiciones para desempeñar esta tarea. ¡Estoy encantado de haber encontrado un sustituto.

Atlas se alejó y Hércules comprendió que le había engañado. Entonces se puso a gritar haciendo muchas muecas:

—¡Ay, ay, ay, me ha dado un calambre!

—¡Cuidado, no se te ocurra soltar la bóveda! —dijo Atlas, que volvió corriendo.

El gigante parecía preocupado; desde luego que estaba contento de ceder su puesto, pero tampoco tenía ganas de que el cielo se le cayera en la cabeza.

Hércules prosiguió:

—Si hubiese sabido que iba a sostener el cielo durante tanto tiempo, habría adoptado una postura más cómoda. Atlas, ¿no tendrás algo para mi espalda?

—Hombre, si solo es eso…

El gigante regresó con un cojín, que intentó colocar sobre los hombros de Hércules. Y este le dijo:

—Espera, lo estás poniendo mal. Vuelve a sujetar tú un momento la bóveda mientras me coloco yo el cojín como es debido.

Inocentemente, Atlas obedeció. Y en cuanto volvió a ocupar su lugar, Hércules, aliviado de aquel enorme peso, arrojó el cojín a lo lejos, cogió la cesta y le dijo:

—Muchas gracias por las manzanas. Perdóname si no te he sustituido más que un momento, pero créeme, Atlas: eres el hombre más adecuado para sostener el cielo.

El viaje de regreso fue muy largo y estuvo sembrado de emboscadas. Pero realmente había pocos peligros a los que Hércules no pudiera enfrentarse. En ocasiones, por la noche, antes de dormir, Hércules pensaba en las famosas Hespérides; en el fondo, lamentaba no haber podido ver a las hijas del gigante Atlas. Por la mañana, al despertar, comprobaba que las manzanas seguían en la cesta.

Cuando, pasado mucho tiempo, llegó a Tirinto y entregó las manzanas a Euristeo, este, asustado, retrocedió al verlas y farfulló:

—¡Hércules! Estas frutas son de Juno, sé que son sagradas. No pensé que las conseguirías... ¡quédatelas tú!

Aquel regalo inesperado ponía al héroe en un aprieto. A la noche siguiente, Minerva se le apareció en sueños y le dijo sonriendo:

—Hércules, puedes estar tranquilo. Vengo a recuperar las manzanas de oro. Yo misma las devolveré. Pero te autorizo a que pruebes su néctar... ¡Bebe!

Tomó una de las frutas y la exprimió con suavidad. Una gota cayó en la garganta de Hércules, que inmediatamente se despertó.

A su lado, en la cesta, ya no había más que unas extrañas frutas que se parecían vagamente a las famosas manzanas. Estaba amaneciendo y Hércules hizo caer en su boca el zumo dorado de aquella fruta desconocida, cuyo sabor era ácido y delicioso.

Aquellas frutas que Minerva había colocado en lugar de las manzanas de oro se llamarían más tarde igual que su color: naranjas.

XIV

Una misión en el Infierno

EL CAN CERBERO

Hoy, cuando uno quiere deshacerse de alguien, suele decir: «¡Vete al diablo!». En aquellos tiempos legendarios, el diablo era un dios que se llamaba Plutón. Reinaba sobre una región subterránea denominada el Tártaro. A los Infiernos se accedía dirigiéndose a un barquero, Caronte. Este invitaba a los muertos a subirse a su barca negra y los conducía por el río Estigio. Plutón siempre tenía abiertas las puertas del Tártaro. No corría ningún riesgo, pues contaba con la ayuda de Cerbero, un perro feroz con tres cabezas y cola de dragón que no dejaba salir a las almas. Además, nadie había regresado jamás del reino de los muertos…

Hércules llevaba ocho años al servicio de su primo. Al héroe solo le quedaba un trabajo por realizar. Euristeo quería deshacerse definitivamente de Hércules. Una mañana lo mandó llamar y desde lo alto de los muros de la ciudad de Tirinto le dijo con malintencionada indolencia:

—Quiero que me traigas a Cerbero, el guardián de los Infiernos.

—¡Qué locura! Si consiguiera volver con él, ¿habría expiado mi crimen?

—Sí. Y habrías cumplido las órdenes del oráculo. ¡Juro por el Estigio que estaríamos en paz!

Semejante juramento era inviolable, por lo que Hércules se marchó confiado. Pero mientras erraba sin destino se dio cuenta de que la orden de Euristeo era absurda: al igual que el jardín de las Hespérides[1], nadie sabía dónde estaba el Infierno. Excepto los muertos, claro está, cuando entraban en él…

Tras haberle dado mil vueltas al problema sin hallar ninguna solución, Hércules, desesperado, se hincó de rodillas e imploró:

—Oh, padre, tú que bajaste del monte Olimpo para unirte con una mortal, tú que querías que librara al mundo de sus padecimientos, ¿vas a abandonarme ahora?

El estruendo de un trueno le contestó; en medio de una luz deslumbrante, apareció el dios Mercurio, que puso una mano sobre el hombro de Hércules, le sonrió y le dijo:

—Júpiter me encarga que te lleve hasta la entrada del Tártaro. Pero, en cuanto hayas subido a la barca de Caronte, tendrás que arreglártelas solo… ¡Vamos!

Mercurio agarró a Hércules y juntos se elevaron por los aires. Cuando volaban por encima de Laconia, el dios le explicó:

—En el cabo Ténaro, al borde del mar, existe una caverna que comunica con los mundos subterráneos.

No tardaron en llegar a la cumbre de un escar-

[1] Véase la nota 1 del capítulo anterior.

pado acantilado que dominaba todo el mar de Creta. A su pie, las olas rompían contra las rocas.

—¡Ya hemos llegado! —dijo Mercurio.

Le señaló la entrada de una gruta en la que el héroe, con el corazón latiéndole a toda máquina, se adentró tras los pasos de su guía. Siguieron un escarpado sendero, penetraron en un abismo interminable y fueron a desembocar a una sala subterránea bañada por las aguas heladas de un estanque; se había puesto a soplar un fuerte viento que daba la sensación de transportar los ecos de llamadas de desesperación. A pesar de la presencia del dios y de las armas que llevaba encima, Hércules estaba cada vez más preocupado. Poco a poco, el aire se llenó de un hálito[2] ardiente. Pronto apareció un lago de hirvientes aguas negras que acababa en un largo, oscuro y turbio curso de agua.

—Es el Aqueronte —dijo Mercurio—; lo llaman el río de los dolores. ¿Ves, algo más lejos, ese afluente con llamas? Es el Piriflegetonte…

—¿Y allá —preguntó Hércules—, qué es lo que fluye con tan insólitos gemidos?

—Un torrente constituido por las lágrimas de los malvados: el Cócito…

Caminaron hasta una especie de delta cubierto de juncos. Todas las vías de agua que acababan de atravesar afluían a un río impetuoso cuyo hedor nauseabundo los hizo retroceder.

—Es el Estigio —dijo Mercurio—. Yo tengo que quedarme aquí.

[2] Aliento; en sentido poético, viento suave.

El espectáculo resultaba aterrador: a ambas orillas, unas sombras negras se agitaban desordenadamente; espectros desesperados lanzaban súplicas a los visitantes.

—Las almas esperan al barquero —murmuró el dios de los comerciantes—, y me temo que no haya sitio para todo el mundo.

Hércules abrió los ojos como platos; río abajo había aparecido una barca más negra que el propio Estigio. La conducía un anciano barbudo y arisco que con su remo apartaba a las sombras que se habían atrevido a echarse al agua. De vez en cuando les gritaba:

—¡No, tú no! Al morir, nadie pensó en meterte un par de monedas en la boca para pagar tu pasaje. Te toca esperar otros cien años en la orilla de uno de los cuatro ríos infernales.

Cuando el lúgubre piloto atracó, Mercurio hizo las presentaciones. Caronte no parecía demasiado feliz de que Hércules fuera a embarcar. Tras reflexionar pausadamente, lo invitó a subir y le confesó:

—Es que hace poco me castigaron. ¡Me atreví a introducir en los Infiernos a Teseo y Pirítoo[3]. Ambos héroes querían raptar a la reina Perséfone ante las narices de Plutón, su esposo.

—¿Y lo consiguieron?

—Era imposible —replicó Caronte con severidad—. El que entra aquí no vuelve a salir. Allí siguen los dos incautos.

[3] *Pirítoo*, que se hizo amigo de *Teseo* tras haber luchado contra él, lo acompañó para conquistar a las hijas de Zeus. Raptaron a Helena (que le tocó a Teseo) y pretendieron rescatar a Perséfone de los Infiernos.

Fascinado por el espectáculo de las sombras que suplicaban a Caronte, Hércules se inclinó. Su peso hizo que la barca se inclinara y el barquero, que perdió el equilibrio, estuvo a punto de caerse al agua. Consiguió por los pelos mantenerse a bordo.

—¡No te muevas, joven temerario! Vas a hacer que nos caigamos a las aguas mágicas del Estigio.

—¡Aquiles bien que se bañó en ellas! —replicó Hércules, ofendido.

—En realidad no se bañó. Para que fuera inmortal, su madre, Tetis, lo sumergió en las aguas del río cuando era un niño. Pero como lo sostenía por el talón, fue la única parte de su cuerpo que siguió siendo vulnerable. Cuidado… que vamos a atracar.

Caronte invitó a Hércules a que bajara. La orilla daba a una llanura ventosa y desolada en la que crecían asfódelos[4]. Se adentraron por un angosto sendero y el barquero, pensativo, siguió diciendo:

—Y un buen día, Aquiles recibió una flecha en el talón, que le causó la muerte. Bueno, pues ya hemos llegado al final de nuestro viaje: ¡ese es el Campo de la verdad![5]

El camino se bifurcaba, y Caronte dio a Hércules las siguientes explicaciones:

[4] Gamón, es decir, planta liliácea perenne, con las hojas junciformes y con los tallos fistulosos, las flores de pétalos color rosa y el fruto globular *(Asphodelus fistulosus)*.

[5] El Campo de la verdad era, en la mitología, una encrucijada en la que Plutón, ayudado por tres asesores, pesaba las almas de los muertos. Los que habían sido buenos eran enviados a los Campos Elíseos, mientras que los pecadores se veían condenados al Tártaro.

—El sendero que sube conduce a los Campos Elíseos, y solo pueden tomarlo las almas dignas de ir a las islas afortunadas. En cambio el sendero que baja conduce a las terribles profundidades del Tártaro. Allí es donde quieres ir, ¿no? Pues entonces, Hércules, ¡adiós!

El héroe se quedó solo. Al poco tiempo llegó ante dos puertas monumentales y las cruzó.

Lo recibieron unos ladridos terroríficos, y una voz lejana rugió:

—¿Quién eres?

Entonces Hércules vio al dios Plutón, sentado sobre su trono y, a su lado, al famoso monstruo de tres cabezas, guardián de los Infiernos. Detrás de ellos se adivinaba la entrada a los laberintos infernales.

—Me llamo Hércules. Si me atrevo a presentarme ante ti es porque mi primo, al que debo obediencia, me ha ordenado que le lleve tu perro, Cerbero.

De momento, Cerbero se limitaba a ladrar furiosamente. Ante aquel héroe que no parecía tenerle miedo a nada, retrocedía, gruñía, meneaba sus tres cabezas y movía febrilmente tres pares de ojos enormes y desorbitados.

—¡Desde luego, joven héroe, no te falta valor! —exclamó Plutón, estupefacto—. A decir verdad, conozco tu fama y Júpiter ha intercedido en tu favor. ¿Conque quieres enfrentarte a Cerbero? De acuerdo. Pero habrás de luchar sin armas… ¡y ya veremos quién gana!

Hércules soltó su jabalina, su arco y su maza y avanzó hacia el dogo, que empezó a arrastrarse y a gemir. Apretaba lastimeramente su horrible cola de dragón entre sus patas.

—Y bien, Cerbero —rugió el dios de los Infiernos, muy enfadado—, ¿qué esperas para atacar y morder?

Parecía que el guardián del lugar también se había enterado de las hazañas del héroe. En vez de obedecer, corrió aterrorizado a refugiarse detrás del trono de su amo. Hércules dijo:

—Si te pones así, no me queda más remedio que ir a por ti.

De dos zancadas se plantó delante del trono de Plutón; tres fauces abiertas se cerraron sobre él. De no haber sido por la protección de la piel del león de Nemea, sin duda lo habrían despedazado. Más rápido que el perro, que volvía al ataque, Hércules agarró el monstruo por el cuello y apretó hasta sofocarlo. El animal se debatió, hasta que sus gemidos se hicieron cada vez más débiles.

—¡Espera! —intervino Plutón—. No mates a mi fiel Cerbero.

—Pues entonces —dijo Hércules sin soltar su presa —dame una correa para que me lo pueda llevar.

El héroe puso al monstruo al cuello una cadena de hierro y se la ajustó para que el animal pudiera respirar, pero de tal modo que al menor movimiento de rebelión se ahogara. Plutón agachó la cabeza y refunfuñó, resignado:

—¡De acuerdo! Reconozco que has domado a Cerbero. Pero su pérdida es una catástrofe: ahora las sombras pueden escapar de mi reino.

Hércules tenía prisa por marcharse de aquel lugar. Hizo una reverencia a Plutón y tiró de la correa. Dócilmente, el terrible Cerbero cruzó las grandes puertas de los Infiernos con su nuevo amo.

A su regreso, cuando atravesaba la pradera de asfódelos, Hércules se encontró con una sombra cuyo aspecto le resultó familiar.

—Dime, ¿acaso no eres tú Teseo?

—Sí. ¿Qué haces llevando a Cerbero encadenado? ¿No eres una sombra?

—Mi nombre es Hércules —contestó el héroe echando una ojeada a los alrededores—. Ven, sígueme. Pidamos a Caronte que nos conduzca de vuelta.

El barquero, contrariado, se hizo mucho de rogar:

—Vaya, ahora sois dos. ¡Y, además, hay que transportar un animal! La verdad es que... no tengo costumbre de ir aguas arriba del Estigio tan cargado.

De mala gana, Caronte remontó la corriente de los ríos infernales y llevó a sus extraños pasajeros hasta la salida.

Cuando Teseo llegó al aire libre, recobró su aspecto humano. Le dio las gracias a su salvador y disfrutó de la libertad aspirando profundamente el aire marino. En cuanto a Cerbero, nunca se le había visto tan asustado: deslumbrado por la luz del día, gemía lastimeramente. Hércules dijo al guardián de los Infiernos:

—Con tus tres lenguas colgando y tu respiración entrecortada, lo que inspiras no es miedo sino piedad. Jamás pensé que me fueras a facilitar tanto la tarea...

Emprendió el camino de vuelta hacia Tirinto. Mientras tiraba de la correa de Cerbero pasaba por su mente todo aquello que su primo le había encargado que hiciera: doce hazañas y ocho años de servidumbre. Como buscando confirmación de su futura libertad, levantaba a menudo los ojos hacia el Olimpo.

Cuando llegó a los pies del muro de la ciudad, gritó:

—Euristeo, aquí te traigo lo que me pediste.

El primo de Hércules apareció en lo alto de la muralla... ¡y se quedó pasmado! Señalando al dogo encadenado, balbució:

—Pero... ¿es Cerbero? ¿El perro de los Infiernos? Y... ¿lo has traído hasta aquí?

—¿Acaso no fue eso lo que me pediste?

Euristeo estaba consternado por la última hazaña de su primo: a sus espaldas se habían congregado los habitantes de la ciudad, manifestando su admiración con gritos y ovaciones. Ante la muchedumbre enfervorizada, el rey se sentía humillado, ridiculizado. Obligado a reconocer su fracaso, rezongó agachando la cabeza:

—De modo que has conseguido llevar a cabo todos los trabajos que te impuse. Hércules, has ganado...

El héroe le respondió con amargura:

—No, Euristeo. En esta partida, en la que aparentemente nos enfrentábamos, no hemos sido más que simples peones, instrumentos en las manos de los dioses, que dirimían sus diferencias valiéndose de nosotros. Así las cosas, ¿cómo puede pensar un hombre que ha resultado vencedor ni vencido?

Desde el momento en que Cerbero vio al rey, daba la sensación de que el animal había vuelto a su ser canino: gruñía, miraba al amo de la ciudad con ojos amenazadores y abría desmesuradamente sus tres bocas. ¿Acaso sabía que Euristeo era el responsable de su reciente exilio?

De repente, Euristeo se dio cuenta de la imprudencia de su orden: había desafiado al mismísimo dios Plutón. Horrorizado, el reyezuelo farfulló:

—Hércules, por cierto, ahora que lo pienso: las sombras…. las almas de los muertos…

—Pues te acuerdas un poco tarde. Ahora ya nada les impide salir del Tártaro.

El rey se quedó lívido, y exclamó:

—¡Hércules, te lo ruego, ve y devuelve este animal a su amo!

—Un momento. ¿Acaso no juraste que mi último trabajo sería capturar a Cerbero? ¿Es que pretendes imponerme otra tarea más?

—¡Hércules, hazlo por mí!

—¿Por ti? —repuso el héroe con acritud—. No, Euristeo, lo haré por el bienestar futuro de la humanidad: para que aquellos que persiguen a sus semejantes permanezcan para siempre en los Infiernos.

Hércules cumplió su promesa: a la mañana siguiente, volvió a emprender el camino hacia los Infiernos y devolvió a Cerbero a su amo.

De regreso, el héroe no pasó por Tirinto. Se encaminó hacia Etolia, donde se alzaba el famoso monte Parnaso[6]. Absuelto por fin de sus faltas y liberado de la servidumbre a la que había sido condenado, quería poner su fuerza al servicio de los oprimidos. Por eso sentía su mente liberada y su corazón ligero. Mientras disfrutaba del sol cuyos tibios rayos acariciaban su rostro, se imaginaba ese futuro en el que se había prohibido pensar. Él, que había vencido a tantos monstruos y desafiado a tantos dioses, ¿conseguiría acabar con la injusticia entre los hombres? ¿Conocería a otra mujer? ¿Tendría más hijos?

Hércules no tenía respuesta para ninguna de estas preguntas. Ni se imaginaba que sus doce trabajos solo habían ocupado la mitad de su existencia...Una existencia que tendría un final digno del hijo de un dios: un suplicio al término del cual su alma regresaría al Olimpo y a la casa de su padre divino.

Ignoraba que, a lo largo de los siglos, su memoria se perpetuaría, que se le dedicarían numerosos cultos y que se crearían los Juegos Olímpicos para inmortalizar su recuerdo. Todavía no sabía que se convertiría, para la posteridad, en el tema favorito de músicos, escultores y pintores...

Sí, Hércules todavía estaba muy lejos de haber llegado al final de su ajetreada vida. Seguía caminando en dirección a levante, dando gracias

[6] Consagrado a Dionisos, a Apolo y a las musas, esta montaña sagrada próxima a Delfos era el lugar de inspiración de los poetas.

a Helios por haber convertido la Tierra en un lugar capaz de hacerle olvidar los Infiernos: se limitaba a caminar, observando el mundo y convirtiéndose de nuevo, durante una breve tregua, en el simple esbozo de un héroe: en un hombre.

APÉNDICE

Los doce trabajos de Hércules

Confieso que he hecho trampa.

He hecho trampa ya solo con llamar Hércules a un héroe que, durante toda su vida, se llamó Alceo (el fuerte), como su abuelo, y al que solo se le empezó a llamar Hércules (la gloria de Hera) después de muerto.

Luego he hecho trampa porque lo difícil cuando uno se pone a analizar la historia de Hércules no es la falta de documentación, sino, al contrario, su abundancia y, lamentablemente, su diversidad. Fueron muchos los escritores que contaron sus hazañas. Primero, los autores prehelénicos, luego, los griegos ,y finalmente, los romanos. Con el paso del tiempo, las versiones se fueron multiplicando y a veces se contradecían. Así, según el autor, Hércules ahoga las serpientes en su cuna al día siguiente de nacer o a los dieciocho meses. Varía también la manera en que mata el león de Nemea o la hidra de Lerna (que, según las tradiciones, tiene siete, nueve y hasta cien cabezas): con una maza, con la espada, con flechas... En cuanto a Euristeo, da órdenes a su primo unas veces desde lo alto de la muralla de Tirinto, y otras, desde la de Micenas.

Por eso he hecho trampa, porque en lugar de recoger las hazañas de Hércules por ejemplo tal como los cuenta el historiador griego Diodoro de Sicilia, he mezclado en los relatos elementos de otros autores griegos o latinos que narraron sus trabajos. El orden de estos también fue objeto de decisión: entre el primero (siempre el del león de Nemea) y el último (a menudo el del perro Cerbero), la secuencia de los trabajos varía de un autor a otro. Pero, ojo, nunca he faltado a las tradiciones, sino que he tomado muchas cosas de cada una de ellas.

Por último, he hecho trampa al inspirarme fundamentalmente en el *Hércules furioso* de Eurípides, que quiso presentar a un Hércules humano y simpático. Porque cuando uno lee a la mayoría de los autores clásicos, este héroe resulta de una brutalidad que en la actualidad podría sorprendernos. Sus escrúpulos y sus sentimientos se acercan a la nada más absoluta: así por ejemplo, cuando Augias reconoce su error y le entrega al héroe los bueyes prometidos, este, por simple afán de venganza, lo mata y saquea la ciudad. Además, a la larga, los doce trabajos presentan unas reiteraciones que se hacen muy pesadas para el lector.

Hércules, el fundador de los Juegos Olímpicos, me interesaba por su aspecto a la vez pagano y místico, que en cierto modo recuerda el de algunos héroes de ciencia ficción o de la *heroic fantasy*. Este Sigfrido wagneriano de la Antigüedad (que a su vez se inspira en el Sigurd de la mitología escandinava) tiene, al principio, una imagen de redentor cristiano: nacido, igual que Jesús, de un padre divino y de una madre humana, inicialmente es enviado a la Tierra para ayudar a los hombres y librar al mundo de sus plagas. El número doce (el de sus trabajos) es también el de los apóstoles. Hércules, hombre nacido de un dios, es, como Jesús, al mismo tiempo vulnerable e inmortal; su muerte, en el monte Etna, es un atroz suplicio, después del cual se eleva a las regiones celestes envuelto en truenos y relámpagos.

Para un autor de ciencia ficción, era muy grande la tentación de enlazar con los relatos épicos de los que cualquier creador se ha alimentado consciente o inconscientemente. Pues, contrariamente a las apariencias, ciencia ficción y mitología están estrechamente relacionadas: ambas literaturas aúnan una misma reflexión sobre las relaciones de los hombres con los dioses (llámense estos dioses, ciencia o destino), y arrojan su mirada de un confín a otro de nuestro mundo contemporáneo: el pasado imaginario y los futuros lejanos.

Glosario

Alceo: Hijo de Perseo y padre de Anfitrión, fue rey de Tirinto. También Hércules recibió este nombre al nacer.

Apolo: Hijo de Júpiter, dios de la luz; hermano gemelo de Diana.

Arcadia: Antigua región de Grecia, situada en el corazón del Peloponeso *(véanse los mapas).*

Argólida: Antigua región de Grecia, situada al nordeste del Peloponeso *(véanse los mapas).*

Artemisa: *Véase* Diana.

Atlas: Hermano de Prometeo, este gigante fue condenado por Júpiter a sostener sobre sus hombros la bóveda celeste.

Diana/Artemisa: Hija de Júpiter, diosa de la Luna. Hermana gemela de Apolo.

Equidna: Monstruo fabuloso, mitad mujer, mitad serpiente, descendiente de Tártaro y de Gea. De la unión de Equidna con Tifón nacieron: Cerbero, la Quimera, la hidra de Lerna, el león de Nemea y otros monstruos que los héroes se afanaron en liquidar para purgar la Tierra.

Gea: Símbolo de la Tierra, es el antepasado materno de las razas divinas y de los monstruos. Engendra a Urano (el cielo), las montañas y el mar, y de su unión con Urano nacen los Titanes y los Cíclopes.

Helios: Divinidad que encarna al Sol; cruza el cielo montado en un carro (o un escudo) de fuego.

Hércules/Heracles: Hijo de Júpiter y de Alcmena. Celosa de este hijo que su marido ha tenido con una mortal, Juno utiliza a Euristeo para imponer a este héroe sus famosos doce trabajos.

Hespérides: Ninfas de poniente que custodiaban el jardín de los dioses.

Juno/Hera: Esposa de Júpiter y madre de muchos otros dioses.

Júpiter/Zeus: Padre de los dioses y de los hombres; dios del cielo y de los elementos. Es el esposo de Juno, y su emblema es el rayo.

Marte/Ares: Hijo de Juno, es el dios de la guerra. Es cruel, sanguinario, despiadado. Tuvo dos hijos: Cicno (al que Hércules matará) y Licaón.

Mercurio/Hermes: Hijo de Júpiter, es el dios de los comerciantes y de los ladrones, el guía de los viajeros y el conductor de las almas de los muertos.

Minerva/Atenea: Hija de Júpiter, es la diosa de la guerra, de la inteligencia y de la sabiduría. Está en conflicto perpetuo con Marte.

Micenas: Capital de la Argólida.

Neptuno/Posidón: Hermano de Júpiter y de Plutón; dios de los mares y del elemento líquido en general; es uno de los tres amos del universo.

Nereo: Uno de los dioses del mar, padre de las cincuenta Nereidas. Benévolo con los navegantes, tiene el poder de metamorfosearse y de predecir el futuro.

Olimpo: Macizo montañoso de Grecia en cuya cima más alta se alza el palacio de los dioses.

Perseo: Hijo de Zeus y de Dánae (hija del rey de Argos). Cambió el reino de Argos por el de Tirinto.

Plutón/Hades: Dios de los muertos y del mundo subterráneo.

Prometeo: Hermano de Atlas, este Titán robó el fuego a los dioses para entregárselo a los hombres; fue condenado a ser encadenado a una montaña y a que un buitre le devorara permanentemente el hígado.

Esténelo: Hijo de Perseo y de Andrómeda.

Estinfalo: Lago de Grecia, en el que habitaban unos pájaros monstruosos *(véanse los mapas).*

Teseo: Este héroe llevó a cabo seis hazañas. En Creta, penetró en el laberinto, donde mató al Minotauro, y halló la salida gracias al hilo de Ariadna.

Tracia: Extensa región al nordeste de Grecia *(véanse los mapas).*

Vulcano/Hefesto: Dios del fuego.

EL MEDITERRÁNEO EN LA ANTIGÜEDAD

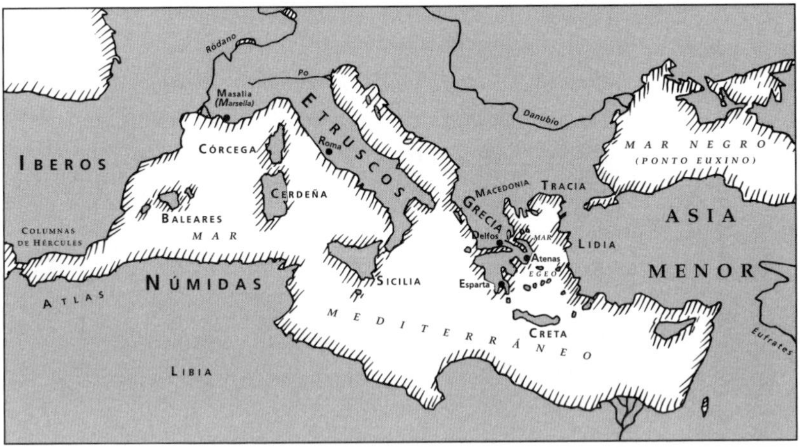

GRECIA EN LA ANTIGÜEDAD

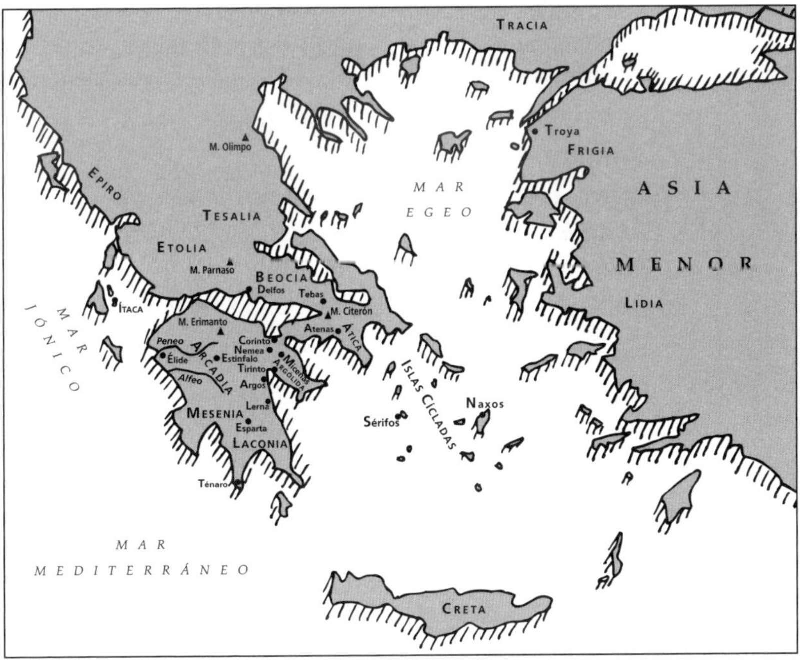

BIBLIOGRAFÍA

BARDI, Piero, *Atlas del mundo clásico. Grecia y Roma en la Antigüedad.* Anaya, Madrid, 1998.

CEREZALES, Manuel, Agustín y Silvia, *Los trabajos de Hércules.* Col. «El sendero de los mitos». Anaya, Madrid, 1993.

— *Teseo y el Minotauro.* Col. «El sendero de los mitos». Anaya, Madrid, 1993.

— *Dédado e Ícaro: historia de un laberinto.* Col. «El sendero de los mitos». Anaya, Madrid, 1993.

GIBSON, Michael, *Monstruos, dioses y hombres de la mitología griega.* 16.ª ed. Anaya, Madrid, 2001.

HOMERO, *La Ilíada.* Col. «Biblioteca Araluce». Anaya, Madrid, 1998.

— *La Odisea.* Col. «Biblioteca Araluce». Anaya, Madrid, 1997.

LÓPEZ MELERO, Raquel, *Así vivían en la Grecia Antigua.* Col. «Biblioteca Básica de Historia», 9.ª ed. Anaya, Madrid, 2000.

LUCINI, Javier, *La canción del mal amado y otras desmitologías.* Col. «Leer y Pensar». Anaya, Madrid, 2001

SCHMIDT, Jöel, *Diccionario de mitología griega y romana.* Larousse Editorial, S. A. Madrid, 1995.